U0909626

蚂蚁小说

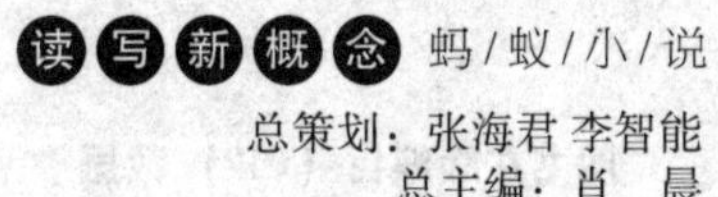

总策划：张海君 李智能
总主编：肖　晨

烟花四起

YAN HUA SHI QI

曾　勇／著

出屋时，同来迎亲的黑子的几个伙伴越加起劲地燃起了烟花，小英娘家门前立时"嘭，嘭"作响，烟花四起，七彩纷呈。

吉林大学出版社

图书在版编目（CIP）数据

烟花四起／曾勇著．——长春：吉林大学出版社，2012.1

（读写新概念·蚂蚁小说）

ISBN 978－7－5601－8108－0

Ⅰ．①烟… Ⅱ．①曾… Ⅲ．①小小说—小说集—中国当代 Ⅳ．①I247．8

中国版本图书馆 CIP 数据核字（2012）第006898号

书　名：烟花四起

作　者：曾　勇　著

责任编辑：朱进　责任校对：董江鹰　封面设计：晴晨工作室

吉林大学出版社出版、发行　三河市嵩川印刷有限公司　印刷

开本：787×1092　毫米　1/16　2012年4月　第1版

印张：13　字数：170千字　2020年3月　第2次印刷

ISBN 978－7－5601－8108－0　定价：25.80元

社址：长春市人民大街4059号　邮编：130021

发行部电话：0431－89580026/28/29

网址：http：//www.jlup.com.cn

E－mail：jlup@mail.jlu.edu.cn

目录

总序：蚂蚁小说——读写训练的新方向 / 001

第一辑　神马与浮云之间的风景

城市风景 / 002

呼　救 / 003

无意行窃 / 005

时　务 / 007

打倒赵子龙 / 008

煮熟的鸭子 / 010

乞　丐 / 012

酱　油 / 014

就要跟局长下棋 / 016

遥远的风景 / 017

素　质 / 019

真言可怕 / 021

上　当 / 023

财　路 / 025

精神病 / 027

政治眼光 / 028

满屋君子 / 029

遥远的桂皮 / 031
打倒黄世仁 / 033
颠 倒 / 035
公 祭 / 037
满地文化 / 039
恐惧的力量 / 040
遥远的人才 / 041
刀划过的声音 / 043
和你合影 / 045
脸 皮 / 047
转 身 / 049
照例休闲 / 051
平 衡 / 053
精神病人 / 054
暗 箭 / 056

第二辑 神马与浮云之间的风情

烟花四起 / 058
遥远的水井 / 059
生 死 / 061

情归何处 / 062

鸡鸭遍地 / 063

经济头脑 / 065

灵 犀 / 066

“呸啾” / 068

河东河西 / 069

满山野花 / 071

四海为家 / 073

恭喜牛局长 / 075

午夜逃遁 / 076

反向思维 / 078

真要出事 / 080

永远的春燕 / 082

帮 助 / 084

英 雄 / 086

遗失在按摩房里的公文包 / 087

我该上哪打工去 / 089

满城春风 / 091

去 祸 / 093

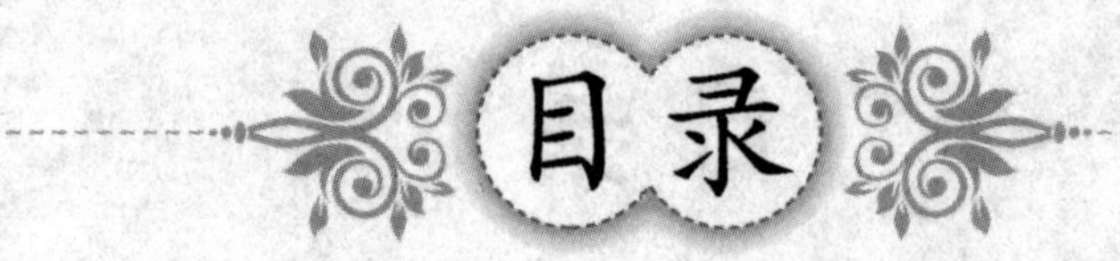

第三辑　神马与浮云之间的风味

嗅　觉 / 096
师傅的魅力 / 97
习　惯 / 98
梦　逝 / 100
智　殇 / 101
关羽访谈录 / 103
城市表情 / 105
教　诲 / 107
别告诉人家你哪个脚趾头破了皮 / 108
头羊之死 / 110
婚姻视觉 / 112
揣不出去的耳光 / 113
变　味 / 115
眼　光 / 117
阻　止 / 118
城市印象 / 119
病 / 121
成　绩 / 123

我可什么都没做 / 124
满怀感激 / 126
遥远的早晨 / 128
满地书香 / 130
没事不要乱帮忙 / 132
遥远的丰收 / 134
满天星星 / 136
满纸游戏 / 138
表　扬 / 140
坏事儿 / 141
阴风四起 / 143
蚊王之死 / 145
牛皮哄哄 / 146
合理消费 / 147
不准小跑 / 148
西游记 / 149
处　理 / 151
打　倒 / 152
黄老板的狗 / 153
政治感觉 / 154

目录

管 / 155
满楼亲戚 / 156
食　疗 / 157
局长不能上班了 / 159
发　现 / 160
大红苹果悄悄烂 / 162

第四辑　神马与浮云之间的风尘

失　声 / 164
保生的悲剧 / 165
遥远的劳模 / 167
给多少钱你才会起身 / 169
久别重逢 / 171
求你把我抓起来 / 173
抢　劫 / 175
瘸　子 / 177
王五的腿有点瘸 / 178
遥远的杜鹃 / 179
夏夜惊魂 / 181
介　绍 / 183

目录

临别赠言 / 185

神马与浮云之间 / 187

代后记：蚂蚁小说时代的大作家 / 189

总序：蚂蚁小说——读写训练的新方向

最近几年，随着社会生活的发展、传播手段的更新，一种新兴文体——蚂蚁小说，越来越受到社会各界的注目。

2007 年 8 月，《百花园》杂志首次发表了作家王豪鸣的《蚂蚁小说四题》，随后于 2008 年第 1 期起开设了“蚂蚁小说”专栏，这种新文体由此得名。此后国内众多报刊杂志也刊发蚂蚁小说的作品，短短几年的时间，蚂蚁小说的作品数量急剧增长。蚂蚁小说，脱胎于微型小说，篇幅比微型小说还短，字数通常限定在 500 字以内。

之所以命名为“蚂蚁”，用作家王豪鸣的话说，“蚂蚁小说的形体细如蚂蚁，却是一个完整的生命体，一个‘大力神’。”这是一种体制虽小却能包罗万象的小说样式。而且它的传播方式也一改传统，除了报纸、杂志等纸质媒介外，更广泛地出现在手机、网络等电子媒介上，还可以用于广告宣传。“总之，一切商业性、休闲性、工具性的书写物件，都是蚂蚁小说的天然载体。”（王豪鸣语）

日本著名微型小说家星新一认为，微型小说应具备三个要素：一、立意新颖奇特，二、情节相对完整，三、结尾出人意料。蚂蚁小说的一部分作品仍然遵循着这些传统创作而成，以精心的构思和奇妙的情节令人拍案叫绝。还有一部分作品呈现散文化的倾向，淡化情节的同时注重抒情，作品具有散文与诗歌的特质。还有些作品大胆创新，借鉴其他文体诸如小品、杂文、寓言的手法与风格，别具意味与情致。

由于蚂蚁小说精短新奇，一经出现便受到读者的广泛关注和喜爱。而它灵活多样的传播方式，也吸引和方便了更多的作家和社会各行各业的文学爱好者加入到创作队伍中来，使得蚂蚁小说的作者群更为壮大。这也是蚂蚁小说有别于其他文学样式的鲜明特点。因此，蚂蚁小说虽然诞生时间短，却作品数量多，创作手法多样，呈现多姿多彩的繁荣态势。蚂蚁小说自问世以来，也得到了广大师生的喜爱，有些优秀的作品还被某些高校选入写作教材，这表明蚂蚁小说不仅是学生阅读素材的有益补充，还可以作为一种可操作的文体来提高学生的写作水平。

阅读和写作历来是语文教学的重点，二者相辅相成，互为补充。通过阅读，学生既能提高欣赏鉴别水平和分析判断能力，还能够积累写作素材，学习和内化各种写作知识。因此，多读书、读好书是提高阅读和写作水平的关键。在当今信息爆炸的时代，学生除了要阅读经典作品，还要不断更新素材、扩展阅读方向，在浩如烟海的信息中筛选需要的信息，这无疑对学生的阅读能力提出了更高的要求。蚂蚁小说无论从内容到写作形式，都能满足学生阅读和写作训练的需要。

纵观近年来全国各地中高考的作文题目，命题形式虽然变化多样，但基本以考察学生的人文素养和对社会的关注为主要目标，这种趋势引导着学生要扩大生活视野，对社会、对人生予以关注和思考。学生一方面要置身于社会生活中亲自体验，更多的还是通过阅读来丰富认识和体会。蚂蚁小说从来以创作紧贴时代、快速及时地反映社会生活和潮流动向见长，在表现上通常选取生活中的某一场景或瞬间，把小题材放在广阔的社会及历史背景前面展开，并深入开拓，使得作品以小见大，有着深刻的意蕴。在阅读过程中，学生在作品的引领下认识社会生活的各个侧面，深入思考其中的意义，还可以学习作者如何敏锐地观察生活，揣摩作者的写作视角和思考方式。因此对于阅历有限、生活经验不足的学生来说，蚂蚁小说这种“借一斑而知全豹，以一目尽传精神”的写作手法对训练他们的观察和思考能力是大有裨益的。

蚂蚁小说篇幅短小，在构思上追求布局的精巧，通过借助多种艺术手法，以达到平中见奇的效果。这就好比“螺蛳壳里做道场”，作者在有限的空间里躲闪腾挪、苦心经营。这一特点与学生写作的训练目标是基本一致的。学生不仅要熟练运用各种写作手法，还要求会剪裁素材、设计结构、塑造人物形象、处理虚与实的关系等，这些学习内容都可以在蚂蚁小说中找到合适的范例。由于字数的限制，蚂蚁小说的语言极为精练，有很强的艺术表现力。作者要对现实生活进行高度艺术化的提炼和集中，以最少的文字涵纳最多的信息，因此无论是故事叙述语言还是人物语言，都言外有意、耐人寻味。学生在阅读中认真体会和学习蚂蚁小说的语言特色，并在自己的写作实践中运用，必然会增强学生对语言的驾驭能力，并形成个人的语言风格。

单纯从文体写作的角度看，蚂蚁小说也是一种非常适合学生尝试的文体。它与学生的习作有很多相近之处。在内容上，蚂蚁小说贴近生活，反映社会现实；在篇幅上，蚂蚁小说的长短与学生习作的规模相当；写作形式上，蚂蚁小说近似于学生习作中的记叙文和散文；写作手法上看，学生需要了解和运用的所有文学作品中常用的表现手法都在蚂蚁小说中普遍运用。因此，蚂蚁小说很接近学生的写作实际，容易引起学生的学习兴趣和热情，使他们的写作能力得到全面的锻炼和提升。

可以说，蚂蚁小说对提高学生阅读和写作各方面能力是非常有帮助的，它的出现可以为广大语文教师和学生打开语文读写训练的新思路，开拓新的方向。本丛书编辑了近几年发表的蚂蚁小说的优秀作品，把蚂蚁小说创作的成果集中呈现在读者面前，希望它能给人们带来文学艺术享受的同时，也能对我国的语文教育尽一份力量。

第一辑

神马与浮云之间的风景

城市风景
呼 救
无意行窃
时 务
打倒赵子龙
煮熟的鸭子
乞 丐
酱 油
……

城市风景

不知为何，那段马路上又挖开了一个大坑。

张三骑自行车从坑边经过，不慎碰到一块石头，车轮一偏连人带车跌进了坑里。

行人李四、王五见了连忙踅身走到坑边去，你一言我一语分析张三的伤情，讨论他那自行车可能摔坏了哪些部件，然后用目光将不无狼狈的张三从那泥坑里一步步“接”上来……

李四、王五站在坑边“参观”张三的时候，在路旁开店的赵六和朱七也在饶有兴致地朝这边看，他们当然看不到泥坑里那狼狈的张三，他们感兴趣的是李四和王五，因为不远处有辆洒水车正喷着水往这边开过来；洒水车一路唱着“洪湖水、浪打浪……”，但全神贯注“关注”着张三的李四、王五对此充耳不闻，结果正如所料，两人被“洪湖水”打了个措手不及。

赵六、朱七哈哈大笑的时候，在街对面开店的吴八和郑九也在望着他俩笑。他们说：那两个傻子，只顾看别人热闹，连小偷进店拿走了东西都不知道！

……

【导读】好一个《城市风景》：篇幅短小，一波三折，简练而巧妙！

——文学评论家：跃晴

呼　救

半夜时分，她忽被门厅传来的声响惊醒，凝神静听，原来有人入室行窃。猜得出儿子儿媳已经发现了劫贼，正与劫匪进行激烈的搏斗。

她灵机一动关上卧室门，转身冲到窗口朝外呼救：“来人啦！快来人啦！我家进贼了！……”

这是一个楼房林立的居民住宅区，她们家位于七楼。尖锐而恐慌的呼喊声立时划破夜的寂静，叫亮了一些人家的灯。不时有人打开窗户朝这边张望。但很快地，那些窗户又都关上了；楼下地面上，也不见有人前往这边救援。

回过头细听，门厅那边的声响尚未停歇。于是继续朝外呼救：“来人啦，快来人啦，有人进我家抢劫呀！……”

令人失望的是，跟刚才一样，这次虽然又叫亮了一些人家的灯，并且不时有人开窗朝这边张望，但他们很快又都把窗户关上了；楼下地面上，依然不见有人走出门洞前往这边救援。

回过头细听，那些胆大妄为的贼竟还没离去！此刻，想来那些贼已经对付完了儿子儿媳，正在用力推这间卧室的门。

情急中，她再次向着窗外呼喊：“来人啊，快来人啊，我儿媳找了野男人到家来了呀！……”

随着她的呼喊声，四周迅速亮起了很多灯，接着就听到一片“砰、砰”的开窗声，再看楼下，远远近近，不少人已涌出自家门洞，一路比划、嘻笑着赶来……

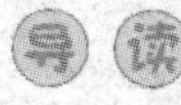

这是一个耐人寻味的故事，主人公急难中的呼救，实在让人心焦；她

最后那一呼虽然奏效了，但我读后心情一点也不轻松，反倒有一种欲哭无泪的感觉。

——琪琪（音乐人）

无意行窃

半下午时分，天忽然阴下来，接着下起了雨。

正在家歇假的她跑出来收衣服时，顺便把邻居晾在院子里的衣服也收了进来。

接着继续看电视。但今天下午电视里实在没什么让她感兴趣的节目，看着看着她便歪倒在沙发上睡着了。

醒来时，丈夫刚好下班回到了家。屋外不知何时停了雨。复出的蓝天下，就见邻家女人在院子里骂骂咧咧地嚷，说是那个不要脸挨千刀的贼偷了她家的衣服。

丈夫很快猜出沙发上那几件陌生衣服是她帮邻居家收的，便叫她赶紧给送过去。

她急匆匆拿起那些衣服，刚刚走到门口，便又被院子里的叫骂声拦了回来。

丈夫说："怎么了？"

她说："人家都把我说成贼了，还怎么还？"

丈夫说："跟她解释一下，就说你刚才睡着了，没听到她在外面找衣服。"

她说："说我睡了，你是会信，可人家信吗？"

丈夫说："哪怎么办？"

她说："呆会儿做饭时丢进火炉里烧了。"

丈夫不无心痛："这么好的衣服，把它烧了呀！"

她没好气地说："不烧怎么办，非得送出去换个贼名回来呀！"

导读

人与人之间的相互信任，是构建和谐社会不可或缺的要素。对此，作者从现实生活中截取了下边这样一个片段作为反证，它让我们看到，没有了信任的世界是多么的无奈和可怕。

——文学评论家：跃晴

时　务

老高人老心不老，虽已退休在家，但思想却不落后，与时俱进。

老大文艺学校毕业，有意涉足娱乐圈。老高说："如今的女孩子要懂时务，不能太保守，得开放点，人家有什么要求，莫扭扭捏捏的不肯答应……"

果然，老大依了他的话，很快闯进了娱乐圈并且出了名。

老二做生意，苦于打不通关系寻不到门路。老高说："做生意要懂时务。现在是金钱社会，万事钱开路。有钱能使鬼推磨，舍不得孩子套不住狼……"

果然，老二听了他的话，很快踏入了生意场并且成了大款。

老三读的是大学中文，进机关给领导当起了秘书。老高说："在领导手下做事特别要懂时务，任何情况下，都要把领导的利益放在首位，领导的话就是圣旨……"

果然，老三当秘书不多久，就得到了提拔。

升迁后，老三立刻兴冲冲回家报喜，感谢老高教育有方。

老高闻讯眉开眼笑，一边拆开老三包里那条"大中华"来抽，刚拈出一支烟叼在嘴上，就见老三忽然敛了笑圆瞪双眼洇他："爸，你懂不懂时务呀！这是我买来送领导的，下面那条'芙蓉王'才是给你抽的呢！"

人们常常抱怨如今的年轻人如何如何，其实在当今这物欲横流的世界里，很有一些上了年岁的人，同样丢弃了传统甚至是迷失了自我，比如本文中的老高。这篇小说，读着幽默，想来沉重。

——陈宏宇（诗人）

打倒赵子龙

这个居民院子里的男人，数赵子龙最受女人待见。

女人们待见一个男人，往往喜欢拿对方的长处跟自家老公的短处比。比如东屋的高玉兰，就常常在她那长嘴巴老公朱悟能面前夸他的外貌："你看人家赵子龙，鼻子是鼻子嘴是嘴，长得就是帅！"再如西屋的潘金莲，在羡慕赵子龙的同时总免不了数落老公武大几句："唉，赵子龙这人是真有本事，钞票大把大把的赚回家来，哪像你，就只会笨头笨脑的做烧饼卖，钱没赚着，累个贼死！"还比如北屋的沈秋香，虽然老公唐伯虎钱没少赚，长相也不输赵子龙，但她照样喜欢拿赵子龙来说事："还是赵子龙有能耐呀，一院子男人，就他职位高！"见唐伯虎一脸的不高兴，沈秋香又说："怎么啦，不服呀，面相外貌是爹妈给的，像你这样舞文弄墨卖点字画，那也不过是赚些辛苦钱，跟人家有什么可比性啊，这年头男人要有出息，当官才是硬道理！"……

由此，男人们很是郁闷。

郁闷的时光里，院子里忽有一个晚上停了电。朦胧中，因为跟潘金莲拌嘴而喝了些酒的武大出门散心，迎面碰到自外归来的赵子龙，结果两人不知怎么就发生了口角进而扭打在一起，随即引来了正在屋外聊天的朱悟能、唐伯虎等众多男人的围观。武大个矮笨拙，赵子龙魁梧而灵活，但这天晚上，赵子龙愣是被武大打趴在地下，最终瘸着腿鼻青脸肿地回家去了。

那天晚上，院子里一直没来电，但却"光明"了好一阵子：那是唐伯虎上街买了些烟花，邀请大家一同在院子里燃放，那五彩缤纷的景象，颇有几分节日气氛……

导读

喜欢写写诗，也爱读小说，也看到过不少借用历史名人及其某些性格元素“编制”的小说，但成功的不多。相比之下，本文虽然篇幅很小，但真的是很漂亮！

总以为女人才吃醋，看了《打倒赵子龙》才知道，其实男人吃起醋来，那后果也是相当的严重！

——陈宏宇（诗人）

煮熟的鸭子

吃罢早饭，顺子便进城卖番薯去了。

顺子刚一出门，村长便踱着鹅步一路跟人打着招呼前来找顺子老婆。

欢愉过后，两人就着那只早晨刚刚炖熟的绿头老鸭喝起了番薯酒，并很快将那只鸭子吃成了一堆骨头。

这时外面忽然传来顺子的说话声，原来他半途断了扁担，只得返回来另拿一根。

村长闻声立时往后门口溜。但还是晚了些，顺子进屋时，村长的背影未能逃出顺子的视线。

两口子很快吵翻了天：顺子早就觉出村长与他家的有一腿，现在终于有了证据。

可恨老婆尽说瞎话，矢口否认村长来过。

顺子一气之下扇了她两耳光。

村长闻讯赶来，左右开弓扇了顺子四个耳光，还叫人把他五花大绑送往乡派出所，说是虐待妇女。

顺子无奈只得将老婆跟村长那档子事亮出来。

派出所派人下来调查，邻居们都说村长跟顺子老婆没啥关系。问起当天早晨的情况，大家的证词跟顺子老婆的话完全一致：“村长没到过顺子家，更没吃他家什么鸭子。”

左邻有发说：“顺子家有只绿头老鸭是不假，但后来飞走了。”

右邻思财说：“可不是飞了吗，我亲眼看到他老婆从厅屋追出来……”

于是顺子又被送到了城里拘留所，这回的罪名是诬告。

不过顺子很快就被放了出来，原因是他疯了。

发疯后的顺子见人就笑：“嘿嘿，真怪，煮熟的鸭子飞了……”

乞丐

入冬之后，地里的活渐渐少了，春莲见老公二狗成天闲在家里跟人打麻将，便建议他进城装乞丐讨钱去。

二狗说："我这样好胳膊好腿的，谁会给我钱啊？"

春莲说："听说后屋细毛是装瘸子讨钱的，他能装瘸子，你就不能？"

就这样，二狗找了些破旧衣裳进城装乞丐去了。

过了些日子，二狗回家了，细细一算，"收成"竟比那些外出打工的人好得多。春莲捏着二狗带回的钱眉开眼笑，一边问二狗在城里是怎么装瘸子的。二狗就挽起左腿裤管，然后把皮带扣成圈将曲起的膝盖套住，再用一根布条在后边腘窝处将皮带系紧，然后放下裤脚一瘸一拐地"表演"起来。

春莲见了"哈哈"直乐，说："像，像，真像！"

转日再去。

过了些日子，二狗回来了。这回"收成"更好，乐得春莲又叫他装瘸子玩。令春莲叹服的是，这时的二狗已无须皮带和布条等辅助"设备"，起身就走，而且酷似瘸子。

转日再去。

过了些日子，二狗回来了。到家后春莲急忙检查他的"收成"：天啊，二狗这次竟然带回来几大沓百元钞票！喜滋滋数钱时，春莲忽然发觉二狗的脸色很不好，于是收住手问缘由。不料二狗嘴一咧"呜呜"哭起来，说他被汽车撞断了腿，这是人家给他的赔偿款，那司机喝醉了酒，把车开上了人行道……春莲心里猛一紧，呆呆地望了他半响才问："死木头，你咋不跑啊？"二狗哭着说："咋没跑呢，就怨这腿装瘸子装习惯了，一拐一拐的跑不快，结果四周的人都躲开了，就我被车撞上，送进了医院……”

春莲脑袋里“嗡、嗡”作响，直到此刻，她才想起，二狗进屋后，左腿一直是瘸着的……

世界上有一种残疾叫精神残疾，本文中的二狗夫妇当属此列，最后二狗真残疾了，可我一点都不同情他！

——文学评论家：跃晴

酱　油

大山皱褶里藏着个小村，村里有个小杂货店。

上月，店主外出进货，不幸遇车祸身亡，小店因此易主。

新店主接手后，各项杂货照常销售，唯有以往销量最大的酱油卖出几瓶后便再没人买了。经打听得知，原来村里正传闻他卖假酱油。

新店主急得四处喊冤：“我这可是直接从城里酱油厂进的货啊!”

村人听了全是一脸涩涩的笑，眉宇间透出的都是不信。

倒是村长直来直去，从家里拿出半瓶前店主在世时买下的酱油递给他，青着脸说：“拿回去仔细看看什么是真酱油吧!”

新店主把这半瓶酱油拿回店一对比，味道还真不一样；更为明显的是，村长这酱油表层飘着一层白白的皮，而他店里的酱油根本就没这个!

气冲冲去酱油厂退货，不料货没退成反倒招来一顿骂。所幸工商部门正在城里搞伪劣商品展览，于是前往咨询、鉴定。

没想到酱油厂卖给他的全是真的，倒是村长那半瓶酱油纯属假货!

有关人员告知：这种“酱油”是用冷水、色素和食盐按照一定比例配制而成的。

新店主回村后，逢人便讲此次进城的见闻，无奈人们依旧报以涩涩的笑并且不卖他的酱油，村长则干脆撕破脸皮：“嘴巴长在鼻子下，是真是假随你哇（说)。——哼，莫以为全村就你一个人聪明!”

新店主先是叫冤，后是发怒，一怒之下便如法炮制做起了假酱油。

于是，小店的“酱油”生意重又好起来。

只是从酱油厂购进的那几坛酱油始终无人问津。

导读

实话说，我只花了两分钟工夫就把这篇蚂蚁小说看完了，但看完之后，我却呆呆地琢磨了好半天，为《酱油》里倍感委屈的新店主，更为那由于食用惯了假酱油而真假不分的村长及其臣民……

这“酱油”有味道！

——琪琪（音乐人）

就要跟局长下棋

辞职下海两年，刚一回来我就去找局长下棋。

头一天晚上，我“杀”了局长一个三比零。

第二天晚上，我“杀”了局长一个五比零。

第三天晚上，我“杀”了局长一个七比零。

局长很感意外：“小曾，两年不见，当刮目相看啊！”

又说：“以前我们俩最多也就是下个平手，没这么大差距呀！”

还说：“你的棋路很顺溜啊，一定是在外面拜了高手为师吧？”

我说：“哪有的事，我这两年根本就没摸过象棋呢！”

又说：“官瘾官瘾，人要没了官瘾，棋路就顺了，你信不信？”

局长听了一脸涩涩的笑。

导读

呵呵，好玩！看来局长的棋艺并没有那么好，“我”的棋艺也并不是那么差。人生在世，只要你没那份私心和念想，日子自然就会过顺溜来，下棋是如此，做别的亦然。

——陈宏宇（诗人）

遥远的风景

他和她因为同在一家厂子打工而相识相知进而相恋。

两个恋人决定趁假日一同出城看风景。

城里的风景区都游览过了，双方老家也没什么好看的。几番讨论后，两人商定各挑一个自认为风景最美的地方带对方前往观赏。

乘半小时大巴，转坐一小时中巴，再步行了十来里路，他俩来到了一个河滩上。

“怎么样，”她指着波光潋滟的河水与两岸碧绿的柳树说：“这地方不错吧？”

他说：“不错，真是不错！”

她说：“在乡中学读初中时，我曾和同学一起来这里游玩，因为相距太远，以后再没来过，但这片风景却一直留在我的脑海里。”

接着返回坐中巴，然后转大巴，下车后爬了差不多一小时的山，两人来到了一座山峰。

“你看看，”他双手叉腰俯视着四周嶙峋的山石和连绵起伏的山峦，不无得意地说，“这里风光好不好？”

她说：“好，好，确实好！”

他说：“这是我早先在地质队打工时发现的，那时我负责给专家们背标本，成天跟着他们在山里转……”

两人看罢风景坐上回城的大巴时，已是傍晚时分。暮色中他发觉她脸色木木的远没有预期的兴奋，便忍不住询问缘由。

“说实话吗？”

“嗯。”

“其实我家就住在那座山下，那个山峰我都不记得去过多少回了。——你呢，你觉得我们上午看到的那个河滩怎么样？”

“唉，怎么说呢，那条河的对面就是我外婆家，小时候我在外婆家住了三年，常去那河里玩水、洗澡……”

《遥远的风景》让我想了很多很多：近些年来，随着社会经济的发展，旅游已成为人们假日休闲的重要选择。然而，人们费时费力费钱，大都是外出观光游览，有几个人会去关注自家近旁的风景呢？由此联想开来，你会忽然发觉，为什么有人爱吃汉堡包，为什么有人跳起了踢踏舞，为什么有人剃个鸡公头，为什么人们老觉得别人老公更能干、别人的老婆更漂亮……

——文学评论家：跃晴

素　质

因为一件紧要工作，我跟随上司马科长来到了单位的牛局长家汇报。

正值周末，牛局长的一双已婚儿女都领着配偶和孩子回来了。我们到他家的时候，牛局长夫妇正在客厅一边喝饮料一边对着电视屏幕唱歌，两对年轻夫妇则在里屋玩麻将。

马科长是牛局长家的老熟人，这时一进屋便与牛局长老婆搭讪："大姐，你嗓子可真好，乍一听就跟歌星似的!"牛局长老婆说："亏你夸我，唱得难听死了，还歌星呢。"马科长说："你这还叫难听啊，刚刚你和牛局合唱的那首《知心爱人》，都快赶上任静和付笛声了!"说得牛局长夫妇一起笑了起来……

接着马科长又夸起了里屋几个玩麻将的："周末打打麻将确实是个不错的选择，一来锻炼脑子，二来增强亲情，三是按摩手指，有利手部美容……"

说话间牛局长孙子、外孙从屋外风风火火冲了进来。这是两个五六岁的小男孩，进屋二话不说便操起遥控将 VCD 换成电视，随即胡乱调台找动画片看。两个孩子长相都不怎么样，而且特霸道。没想到马科长对他俩也是赞誉有加："牛局，你看看，你这两个晚辈多精，小小年纪就会使用遥控器搜电视节目。"牛局长说："还精呢，我都烦死他们了，你看他们的架势，那把我们这做爷爷奶奶的放在眼里呀!"马科长说："我倒觉得这样不错，小孩子就得有点个性，没个性的孩子没出息！……"

本以为马科长对牛局长一家评价较高，没料想汇报完出来后，还没容得我开腔，就听到走在一旁的马科长自言自语："哼，这一家子，从老到小，就他妈知道吃喝玩乐，什么素质!"

导读

平日里跟人闲聊时，常常议论到谁谁素质低，看罢小说《素质》，我不由得在内心暗暗警告自己一声：今后说话可得当心些，千万别自觉不自觉地学了文中的马科长！

——文学评论家：跃晴

真言可怕

星期六上午，岗子应邀搭乘好友黑牯新购来的“上海大众”前往市郊明月山游玩。

明月山是新开发的旅游点，马路两旁的路标还未及安装，好在他俩事先已经打听妥当，这一路上也就三个岔路口，前面分别是梅花、桃花、荷花三个自然村，依此顺序走过去，准确无误。

很快来到了第一个岔路口。路旁那年轻男子听他俩询问梅花村怎么走，便随手指了指其中一条岔道。

接下来汽车驶出没多远，黑牯忽然刹车掉头转向另一条岔路，一边跟岗子解释，说现在乡下人也都学刁了，没点好处得，他们是难得说实话的。说话间就见前面路边柳树上钉着一块木牌，上面赫然写着：梅花村。

不久到了第二个岔路口。这次给他俩指路的是个中年妇女。问过后，黑牯毫不犹豫地排除了她所指的那条岔道。果然，汽车前行不到两百米，路边出现了一个村子，其中临马路的那幢两层小楼的大门边竖着一块木匾：桃花村村委会。

过了一阵，第三个岔路口又到了。这次被询问的是个中年男人。这人见自己话音刚落黑牯就把车开往另一条岔道，便喊叫起来。但黑牯不睬他，反倒加大油门朝前冲。

意外的是，车速刚一提起来，前头路面忽然出现一个大水坑，没容得岗子多想，汽车已“轰”地冲进坑里，随即就觉得眼前一黑……

岗子醒来时，发现他和黑牯都躺在了水坑旁边的马路上，黑牯那车正倒在破烂在水坑里。中年男人告知，这水坑是昨夜暴雨地陷造成的，而黑牯此时已经死亡，岗子闻讯不由得“呜呜”哭起来：“刚刚问路时，

你……你怎么就不说假话呢！……”

初看到标题时，觉得有些玄；再细读下去，才发现真言果然可怕，可怕在那充斥着谎言与欺骗的生存环境，正是它，造成了岗子的车废人残！

——小利（教师）

上　当

远远的，就见前面有个中年妇女正跟一个小伙子扭打在一起。

我连忙收住脚步，近来街头抢劫猖獗，若是碰上这种事，眼下走过去很可能会给自己带来麻烦。

片刻，那妇女倒在了地上，小伙子拎包扬长而去。

看着小伙子渐渐走远，我这才和四周观望的人一同走近去。

也不知那妇女伤着了什么地方，浑身血糊糊的，躺在那里半天说不出话。

我很着急："这女人伤得不轻，得赶紧送医院啊！"

但我还是忍着不施救。我猜想四周或许有那小伙子的同伴，此时施救招惹了他们怎么办？眼下大家都不管这"闲事"，我可不能出头做这个大傻冒！

"救……救救我……"地下的伤者忽然开了腔，"刚才抢……抢我的是我儿子，为的是逼我给……给他钱去网吧，都……都怨我教子无方啊……"

原来如此！

人们议论纷纷。我连忙来到伤者面前，准备送她去医院。不想一个身穿蓝夹克的小伙子赶在了我前面，将那妇女一把抱起，随即朝近旁医院奔去……

过不多久，我在街上再次碰到那"蓝夹克"，正欲找他探听那妇女的伤情，不料他掉头躲开去。

我不肯罢休，便一路追去，最后把他堵在了一个死胡同。

"哥们，我可不是故意跟你们过不去，"对方一脸惊慌，"我是上了那

妇女的当，到医院后她才说实话，说抢她的不是她儿子，而是你们……”

原来是这么个“上当”！看后让人苦笑。半个多世纪前，忧国忧民的鲁迅曾经疾呼：“救救孩子！”如今，我们也许应该接过他的话题高喊一声：“救救大人！”

——文学评论家：跃晴

财 路

我想发财。

听说搞房地产发财比较快，我便有意往这方面发展。

于是去找一个已做房地产多年并且发了大财的朋友取经，但我却总是碰不到他。

据知情者说，我碰不到他的原因，是他恰好坐牢去了。

好在朋友在牢房里呆一段时间后又会放出来，所以我最终还是找到了他。

那天朋友刚出狱。正欲跟他说上几句安慰话，朋友先开了口。

朋友说：“你想搞房地产发财是吧？”

我说：“是”。

朋友说：“送礼给人家人家不要是吧？”

我说：“是”。

朋友说：“送不出礼就接不到工程是吧？”

我说：“是”。

朋友说：“那你就坐牢去，坐完牢回来就好接工程了。”

话音刚落，果然就有人来找朋友，请他接工程。

接下来整整两天，朋友接待了这个接待那个，全是来找他做工程的。

直到第三天，朋友才有空闲接待我。这两天里，朋友接下的工程量之大令人艳羡、咋舌。

朋友说：“知道他们为什么都找我做工程吗？”

我摇摇头。

朋友说：“我坐了牢、名声好啊！”

我一脸迷惑。

朋友说："现如今，谁都知道接工程要送礼，工程越大，送礼越多。"

朋友又说："收礼的人别的不怕，就怕万一出事对方把他'咬'出来。"

朋友还说："为送礼的事我时不时受审查、坐牢房，但我从没供出谁来……"

朋友最后说："实话告诉你，我头一回被审查时，根本就没给谁送礼，我是托人帮忙让检查部门把我抓去的，为的就是造个好名声！"

临别时，朋友很是贴心地对我说："想发财就别怕坐牢。——现如今社会上那些发了大财的人，有几个没受过审查甚至蹲过牢房的？"

不久，我也自觉自愿地走在了去牢房的路上……

当今中国，房地产商当属发家最快的人群，无论从法律的视角观察，还是从经济学的角度来考量，这其中都有不少人的钱财来路不明。小说《财路》用简洁的笔墨、漫画的手法，勾勒出了这些人的嘴脸和发家史。

——北京大学经济学博士：王博钊

精神病

S 厂急需贷款，为此特设宴款待市某信贷部主任 N。N 嗜爱美女陪酒。美女奇缺的 S 厂只得将相对美的女工 W 派上用场。考虑到 W 去年因失恋住过精神病院，至今脑子仍不太灵光，厂领导事先再三叮嘱其不可鲁莽。不料开席之后，W 见大家一再求 N 贷款 N 仍不松口答应，忽然脑子一热笑嘻嘻走上前去，二话不说便搂紧 N 的脖子把满满一杯酒强行往他嘴里灌。众领导见状心里叫苦不迭。没想到 N 被灌过酒后，竟一点不恼，打着酒气浓烈的饱嗝豪爽地说：“好，看在 W 小姐的面子上，那笔款子就贷给你们了！”

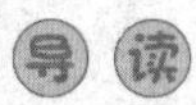

山不在高，有仙则名；水不在深，有龙则灵。文不在长，有味就行。这篇小说，虽然只渺渺两百来字，但却很有味道。故事中的 W 脑子确实有毛病，但毛病更严重的是 N，他才是真正急需治疗的“精神病”人！

——陈宏宇（诗人）

政治眼光

家境拮据常抽廉价烟的A衣袋里总有一包好烟。A的好烟是专门预备着送给单位里一个领导的。A与那领导同住一幢宿舍楼，时常碰面。每次碰面，A总要主动跟领导打招呼，然后恭敬着脸递去一支烟接着用打火机为他点着。如此过去了无数日子，一日傍晚，A自外省出差归来，迎面碰到也是住在这幢楼里的一个同事。两人一起寒暄时，那领导忽然笑眯眯走过来跟A搭话，一边还掏出烟来请A抽。A愣愣地望了望领导的脸又看了看他手里的烟，突然脸一阴摆手拒绝："不要不要，我自已有烟!"说罢将领导晾在一边，拣起刚才被打断的话题继续跟那同事聊起来。同事对此很是惊讶，待领导走开，便向A提起这事。A满不在乎地说：

"现在还跟他客气什么，反正他已经退休了!"

听了这话，同事越是不解："咦，他今天下午刚刚宣布退休，你才出差回来，怎么就知道?"

A冷冷一笑："你想想，他以前什么时候这样亲热地对我笑过，什么时候给过我烟抽?"

……

导读

很幽默的故事！幽默之后，我们看到的是人与人之间的不正常关系……

——北京大学经济学博士：王博钊

满屋君子

新来的女大学生小丁非常漂亮。

漂亮的小丁将科长的心搅得痒丝丝的。

为了给自己的心挠痒痒，科长常常将自己的目光变成舌头，在小丁脸上乱舔，或是把自己的目光变作蛇，在小丁的衣服里边四处乱钻。

后来时间长了，科长觉得眼睛不够用，就直接用手。

科长用手接触小丁，一般都是摸摸她的头发或是拍拍她的肩；有时碰上办公室没旁人，科长就伸手去摸小丁的臀部或胸部。

小丁自然是很不高兴，一边躲避一边说："科长，你别这样，我都可以叫你叔叔了！"或："科长，你再不住手，我可叫人了！"

科长知道这么做不大好，但他实在管不住自己的手。发展到后来，科长时不时的在公开场合也摸起了小丁的臀和胸。

小丁忍无可忍。终有一回，小丁一气之下把这事告到了纪委。

纪委立即派员前来调查，并且很快找到小丁宣布调查结果：小丁所述不实。

小丁很是疑惑，说你们不能听信科长的一面之词，得问问科里其他人，那天他们可都在！

纪委的人说找他们了解过了，大家对你们科长的评价都比较高，说他品行端正有君子风度，从没做过这种事。

小丁眼睛瞪得圆圆的："这……这是真的吗？我们科里好荒诞啊！"

小丁这话被纪委的人传了过去，大家听了都很生气，说她才荒诞呢，我们都是小人，就她小丁是正人君子呀！

导读

这个办公室比较黑呀！很难想象小丁今后怎么在这地方呆下去。一个几百字的幽默小说，写出了人性中丑陋的一面。

题目也拟得很出彩，这办公室里不光有“君子”，而且满屋都是。

——陈宏宇（诗人）

遥远的桂皮

炖兔子肉要放桂皮，不放桂皮，纵使八角、料酒、葱、姜、蒜全齐，也炖不出那个味。

桂皮不是常用作料，家里不常备。原先在乡下做兔肉，碰上家里没桂皮，张婶就去找四邻要，风风火火转一圈，总能拈几小块桂皮回来。但现在张婶却遇到了麻烦：刚才上街买了一坨兔肉，接下来却没能寻到桂皮，平日里儿子儿媳曾再三叮嘱别乱串门，说城里人不作兴这个，可眼下不去串门找不来桂皮，这兔子肉该怎么炖啊？

正犯难时，隔壁女人忽从门口走过，看得出她也是上街购物回来，篮子里装满了这样那样的东西，而且那上面分明搁着两大块桂皮！

于是急忙出屋搭腔："哎，你好！"

隔壁女人一愣，随即木着脸问："有什么事吗？"

"我……"张婶见状有些犹豫，"我家买了兔肉……"

隔壁女人"哦"了一声，同时开门进屋，随即又将门"砰"地合上。

张婶望着那冰冷的门，很有些不甘心，于是硬着头皮按响了门铃。

门很快支开了一条缝，露出隔壁女人那张依然麻木着的脸："你有什么事吗？"

"是这样，"张婶话到嘴边忽然改变了主意，"我想跟你打听一下，你的桂皮是从哪买的？"

"坐二路公交，过十一个站后下车转九路，九路一直到头，下车后再步行一里路到国光超市，那里三楼有买……"

导读

看过N千篇小说，特喜欢这种不温不火、娓娓道来的叙事方法。其实张婶家隔壁就有她急需要的桂皮，近而不可得，源于都市里人与人之间遥远的距离。难怪有人把当代都市比作“繁华的沙漠”！

——文学评论家：跃晴

打倒黄世仁

黄总嗜酒。

酒后的黄总常常失态，高兴时唱歌跳舞，失意时骂骂咧咧。

不幸的是，眼下正碰上黄总酒后不痛快，因此公司上下无不战战兢兢。

紧张的气氛中，就见黄总醉醺醺的四下里乱走，时不时的逮人训一顿。

也就半个来小时，黄总就把财务部长、销售部长、人事部长、公关部长训了个遍。

训罢公关部长出屋，正碰上本公司关系户、鸿发贸易商行老板杨白劳来访。刚刚训人训红了眼的黄总这时便板着脸对他说："杨老板，你大前年欠我公司那两百万货款也该还了，要不我可没法活！"

杨白劳见状"呵呵"一笑："不就两百万嘛，少不了你的。——这样，我们还是先谈谈你和我闺女喜儿的婚事吧！"

黄总一听酒劲霎时醒去大半，喜儿本是个风尘女子，名为杨白劳的"干女儿"，实际他俩的关系不清不楚。可气的是杨白劳得知他丧妻后，竟将喜儿强行介绍给他，并以那两百万欠款相要挟，不同意就不还钱。于是换上笑脸相求："杨老板，你看这事缓缓行不行？眼下我实在没这心情，因为缺钱，销售部没法进货，财务部发不出工资，还天天有人上门讨债……"

"去去去，少跟我扯这些！"杨白劳很不高兴地打断他的话："黄世仁，你就爽快给个答复吧，啥时候跟喜儿结婚？"

黄世仁连忙递上烟去："杨老板，这……这事容我再想想……"

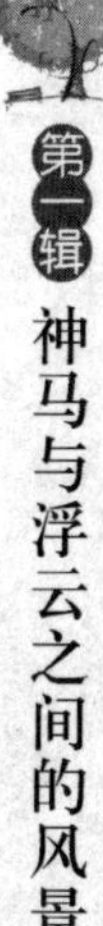

杨白劳一伸手挡开他的烟："还他妈的想什么想，我女儿哪儿配你不上了！"

黄世仁一时气急："你……你他妈骂人干什么？"

骂人怎么着，给脸不要脸，老子还打你呢！说罢杨白劳果然当面一拳，将黄世仁打了个四脚朝天……

如今这世界，债主怕欠账的。小说《打倒黄世仁》假借妇孺皆知的戏剧《白毛女》里的人名，编织出了这样一个既现实又荒诞的故事，让人看后哭笑不得。

——文学评论家：跃晴

颠　倒

那段日子厂里相继招聘进来不少临时工。厂办主任老高觉得临时工好差使，便于减轻自己的工作量，于是也找理由要求厂里给厂办增添一名临时工。

新来的临时工是个刚毕业的师范生，中文专业，姓梁。

一切正如老高的期望，自打小梁进了厂办，他的工作日见轻松。小梁的本职工作是勤杂，但因为他的临时工身份，老高便常常将自己的工作推给他做。比如厂里与外单位的来往文、电、信函，原本是由老高看过后再送厂部相关领导批示、审核的，小梁来了后，老高便逐渐这事转移到了他头上；再比如厂里各类会议记要，以往主要由老高整理，然后交领导审阅，现在有了小梁，老高就经常将那些乱糟糟的会议记要扔给小梁整理；还比如厂里的月度或季度工作总结，先前都是老高亲自"操刀"，如今有小梁在，老高便慢慢"淡出"……与此同时，老高的日子越过越清闲，每天的主要"工作"也就看报、喝茶和聊天。发展到后来，老高时不时的干脆就不去上班，而是呆在家里"搓麻"或是扛着鱼竿外出钓鱼什么的，碰上厂里有啥事，就用手机"遥控"小梁，让他代劳。

如此优哉游哉过了两年多，厂里终因经营不善改制，卖给了私人老板，老高的"幸福"生活这才走到了头。

好在事前签有协议，改制后中层干部必须返聘，这使得老高继续留在了办公室，只是这时老板将老高和小梁的职位给对换了。老高很是迷惑，忍不住找老板："老板，这事搞颠倒了呀，原先我是办公室主任，小梁才是勤杂工呢！"

老板答："没颠倒，是你们原先搞颠倒了！"

一度去国企搞过调研，像《颠倒》中老高这样的人还真见过几个。应该说，很多国企之所以经营不下去，老高们太多是个重要原因，他们占着茅坑不拉屎，他们做一天和尚撞一天钟，他们付出比小梁们少而获得却远远较他们多……就凭这些，国企改革也是势在必行！

——北京大学经济学博士：王博钊

公　祭

清明前夕，老陆特意自海外回到大陆祖籍祭祖。

老陆祖籍所在的村子，全是陆姓人家，来自同一个祖先。陆家村人扫墓有个规矩，在祭过自家支脉的祖先后，还要祭祀整个家族中最受尊重的先人。

老陆到达后，不巧同支脉的几户人家都没人，于是独自上山祭祖。

祭过本支脉祖先后，便去公祭。

远远的，就见那边山头四处是人，爆竹声“噼里啪啦”响个没完。老陆好不容易挤近祭台，搁上祭品，点燃爆竹，待他再离开那烟气弥漫、拥挤不堪的祭台时，已是满头大汗。

这时抬头仰望祭台前那高高的大理石墓碑，老陆不禁一惊：原来自己刚才匆忙中祭错了对象！

记得上次祭祖，公祭对象是解放初期三个遇害的土改干部。那时老陆正年轻，又是头一次回来，不懂规矩，祭罢自家支脉祖先就下山，弄得几个长辈很不高兴，非要他买上祭礼再去公祭。可现在自己却把祭礼用在了一个名叫陆万金的明代大盐商身上！

这时有个本支脉堂兄发现了他，满脸热情地迎过来搭话，得知他要重买祭礼公祭，忙说：“不用不用，你没祭错，现在祭的就是陆万金。”

老陆听罢愣了好一阵。问起当年祭过的那三座墓碑，对方竟一时想不起在哪，只说大概是在对面山坡上。

放眼望去，那山坡上满是野草、荆棘，在这边此起彼伏的爆竹声的衬托下，显得分外的冷清……

忘了是从什么时候起，我们生活着的这个社会渐渐没有了信仰，剩下唯一的追求就是金钱。《公祭》通过海外华人老陆返乡祭祖的所见所闻，反映出了这样一种社会现象，令人警醒，发人深思！

——文学评论家：跃晴

满地文化

根据县里“文化搭台，经济唱戏”的发展思路，各乡纷纷办起了文化节。

有才他们后山乡地处山区，也没啥出产，既不能像北边的东原乡那样举办冬瓜、葫芦文化节，也不能像南边的西谷乡那样举办橘子、猕猴桃文化节；所幸乡政府对面有一大片坟山，于是因地制宜办起了“后山鬼文化节”。

一时间，乡政府对面那坟山上纸幡招展，鼓乐喧天，煞是热闹。

有才夫妇因为家住坟山近旁，全被选入文化节扮演角色，有才由于长相有些凶被安排装扮阎王，有才老婆则因为身材瘦削扮演饿死鬼。两人与邻里们扮演的小鬼判官、淹死鬼、吊死鬼等一起，成天在“阎王殿”和“十八层地狱”之间四处转悠，为鬼文化节烘托气氛。

这天有才夫妇工作之余回家喝水，忽发觉老爹不在，夫妇俩担心老人有什么意外，连忙出门寻找。急火火找了半日，老爹原来就坐在坟山脚下自家那储存粪水的茅房前。远远的，就见茅房上贴着一张白纸，上面醒目的写着一行笨拙的毛笔字：鬼门关茅厕文化，欢迎光临；老爹则戴着个画有牛头马面的空葫芦壳，坐在茅房门口收钱（排队如厕的游人还真不少!）。

“你俩发啥呆呀!”老爹不无得意地说：“就兴你们年轻人满山装神弄鬼，我老头子就不能出来弄个文化呀!”

侧耳细听，我们面前这个世界，风声四起。原因何在？跟风的人太多。小说《满地文化》用幽默的故事和笔调，讽刺了时下某些地方在发展经济的过程中，不顾当地客观条件胡乱跟风的荒唐执政理念。

——文学评论家：跃晴

恐惧的力量

大雨滂沱的晚上，哑女湿漉漉的外出归来，一进村就跟人比划个没完，“说”她刚刚碰到一条狼。

众人一笑了之，说狼在我们这地方早绝迹了，肯定是狗！

哑女很着急，“说”她真是碰到了狼，那狼现在还掉在一个泥坑里呢！

众人见屋外的雨已渐渐停歇下来，而哑女还在“吵”个没完，便打着电筒随哑女出去看那“狼”。

果然，出村不远，众人便听到了狗叫声。循声寻去，那狗还真是掉在路旁一个刚刚塌陷而成的泥坑里。再近，众人发现那泥坑里还有人，是下午领着狗上山打猎的本村壮汉有发。

此刻，有发正和他那狗狼狈不堪地站在那深深的泥坑里，等着众人救援。

有发说：“他娘的这坑真深，忙了半天，就是上不去。”

有发还说：“刚才雨大时，也没看清是个什么东西，‘呼’地从上面掉下坑，接着又‘呼’地爬了上去……”

话说到这里，有发忽然敛了口，与众人一道将目光投向坑边的哑女。

几柱黄色的电筒光，交叉着照在瘦弱、矮小、满是泥水的哑女身上。

早有耳闻，人在极端恐惧时，可以爆发出平常难以想象的力量。这篇小说对此做了形象的诠释。

优秀的小说家，总是能从鲜为人知的地方，寻觅到小说素材，挖掘出其中的意趣。

拜读、欣赏！

——陈宏宇（诗人）

遥远的人才

乡杏鲍菇场为解决技术难题登报招聘相关人才。

招聘广告很快有了不少回应。经反复筛选，菇场吴场长把外省一名刘姓专家聘了过来。

别看刘专家才三十来岁，但水平相当了得，场里遇到的技术问题经他指点很快一一化解，乐得吴场长时不时在背地里大发感叹：“这外省来的专家就是厉害，高薪聘请值呀!”

刘专家在场的时候，吴场长更是一脸的尊重，上桌敬酒，下桌敬烟，恭敬有加。

不过今天刘专家显然是碰到了难题，这是菌种装包后的第三天，菌袋上忽然出现了好些白斑，刘专家苦思良久仍找不到原因和对策，只得给外省他的一位老师去电话讨教。在电话里跟老师交流一阵过后，刘专家忽然起身去了场里的杂物房。

这时吴场长也在菌棚看着那些泛有白斑的菌袋发愁，根据以往所见，他知道这些白斑将很快繁殖成杂菌，从而造成这批杏鲍菇大量减产。这时见刘专家起身离开，便也跟了去。

吴场长来到杂物房时，刘专家正从屋角那废旧资料柜里翻出一沓满是灰尘的纸来，此刻见到吴场长，刘专家很有些难为情：“是……是这样，电话里老是听不明白，我只好把老师的资料找出来……”

吴场长一时满头雾水，待歪头看过刘专家手上那资料，不由得呆住了：他分明记得这些资料是半年前本场职工小黄亲自交给他的。他还听说，小黄辞职后去外省一个杏鲍菇场打工去了……

生活中有一种非常有害的思维方式，那就是忽视或是轻视自己已经得到的人和物，因此熟悉的地方没风景，外来的和尚会念经。这样的思维危害究竟有多大呢，《遥远的人才》中可见一斑。

一声叹息！

——文学评论家：跃晴

刀划过的声音

村长手拿水果刀削着梨走过来时，有才和德宝正蹲在村口老樟树下聊天。他俩聊的是有才昨晚做过的一个梦。那梦有些怪，黑漆漆的啥也看不到，就听见一种“嘶、嘶”的响声。有才说那声音很像是有小男孩正往地下撒尿，德宝则估摸那是乡百货商店售货员撕布的声音，因为昨天下午一同锄地时，有才曾跟德宝提到过他老婆去乡里扯布做衣裳的事，日有所思夜有所梦嘛！村长这时一口否定他俩的分析。村长认为梦里的声音往往记不真切，他倒觉得有才梦里的“嘶嘶”声可能是畜生挨刀的声音。有才和德宝不以为然，都说这声音与宰畜生不靠谱。两边争论时，正巧有只芦花鸡在近旁啄食。这鸡无疑是今年春上新孵出的，还不认识村长。村长见这不知轻重的鸡这里啄啄那里扒扒的一路走来，便将手里刚削了一半的梨递给有才拿着，然后猛一把捞住那鸡，随即挥刀划过脖颈。

“听到刚刚杀鸡的声音没？是不是‘嘶嘶’的？”村长看着脚下那挣扎在血泊中的芦花鸡问。

有才和德宝都摇头：“什么‘嘶嘶’的呀，不像，不像！”

说话间走过来一条老黑狗。这狗抬头见是村长，夺欲离开，无奈被村长“呔”一声喝住，只得畏缩着站在那里，结果被村长连哄带吓地在脖子上划了一刀。

“听到刚才杀狗时的声音没？是不是‘嘶嘶’的？”村长望着“汪汪”叫着一路滴血跑开去最终倒在了地下的狗问。

有才和德宝又都摇头，正欲表态，忽又一齐改口：“是，是，刚才那声音还真是‘嘶嘶’的！”说话间两人不约而同伸手摸起了自己的脖子……

叙事节奏从容，取材角度新颖，通过两个家畜的表现和殒命，一个称王霸道的土皇帝跃然纸上！

——陈宏宇（诗人）

和你合影

“五·一”回乡下老家看望父母，时不时的有人神秘兮兮向他打听：“后山村的张德贵跟你啥关系呀?”

他很迷惑，记忆中，他家在后山并无亲戚，小时候读书时，他也没有这么个同学。

问父母，两位老人都说他们没有张德贵这么个旧友或是熟人。

于是特意去后山走了一趟。没想到刚一走进张德贵家，就见自己站在他家门厅墙中央一个大大的相框里。看得出是在县城的某个建筑工地上，与他并肩站立着的是个脸色黧黑、头戴安全帽、年龄与他相仿的男人。只是屋里找不着人，尽管刚刚进门前还听到里边有说话声，而且此时煮在锅里的猪食正氤氲着热气……

回城后，他抽空去了一趟照片上拍摄的那个工地。正站在脚手架上砌砖的张德贵一眼看到他，很是吃惊，好一阵才诚惶诚恐地开腔解释：“高县长，那照片是我请工友帮忙，趁你上月来工地检查时偷拍的。我家在后山村是外姓，常受人负，分责任田我家离村最远，建房子批地我家等待时间最长，去年因为日常口角，老婆被邻家男人一棍棒砸破了头，在医院缝了足足十五针，花去医药费三千多元，对方愣是一分也不赔，去村里、乡里讨公道，也一直没个子丑寅卯……”

他听着一时不知如何搭话。对方见状越是紧张，于是一个劲地向他道歉，还掏出手机说他这就跟家里通话，让家里人立刻把那相框取下来。

“别，别，这样，我俩重新合照一张，等这张照片洗好后，再把你家那张给换下来。”他忙不迭制止，说罢满脸亲热地把手搭在张德贵肩膀上，随即吩咐随行的秘书为他俩拍照……

小说的切入点很漂亮：农民张德贵苦心积累，为的是和县长拍一张合影；拍合影的目的，是为了把它挂到自家墙上在乡里炫耀，而炫耀的目的是为了“狐假虎威”少受人欺负……于是一个小小的细节，便统领了全篇继而很好地表现了主旨。

另外，《和你合影》中，陪衬人物高县长也塑造得比较成功。就此而言，本文当属主旋律小说，都说主旋律蚂蚁难写，这篇当属成功范例。

——文学评论家：跃晴

脸　皮

我是偶尔走到那个平常人不大踏足的地方去的。在一个阴暗的角落里，脚下忽然绊着了什么，“哗啦啦”一阵乱响。蹲下身子细看，我不禁吓了一跳：原来地下零乱地放着好些人的脸皮！

我想它们的主人一定很焦急：人若没了脸皮，那可怎么活呀！

于是灵机一动，赶忙挑选一些脸皮捡起来，以便跟它们的主人做交易。

果然，陆续有人慌慌张张跑过来寻找丢失的脸皮。

我便拿出刚捡来的脸皮让人认领，并跟他（她）们谈价钱、提条件。

一切正如所料，我提出的要求大都得到了满足。

其中让我收获最大的有三张脸皮，一张是一个大名鼎鼎的高官的，它的主人帮我办了一桩多年来一直想办都没能办成的事；一张是一位富甲一方的大款的，它的主人送给了我一笔相当可观的金钱；还一张是眼下娱乐圈一个万人瞩目的女明星的，它的主人奉献给了我一段充满激情的美妙时光。

但后来，当我回到原先生活的环境时，我发现人们一见我就纷纷躲避，一边躲一边喊：这人没脸没皮的，真是可怕！

我伸手摸脸，脑子里不由得“嗡”的一响：“我的脸皮呢？我什么时候也把脸皮给弄丢了？”

于是火急火燎跑回去寻找，一边在心里叫苦：“没有了脸皮，这可让我怎么活哟？”

但凡从事过小说创作的人都知道，小说可以实写也可以虚写，而虚实结合就比较难了，难就难在两者意蕴之间的衔接。就此来看，《脸皮》做得比较成功。

站在读者的角度，本文构思独特，叙事方式很新鲜，阅读中自有异样的快感。

——文学评论家：跃晴

转　身

傍晚时分，新调来的乡长袁林生走出乡政府大门准备回家，迎面碰到乡办主任小王。

“袁乡长，这是你的一份。”说话间小王将手里拎着的三只用细铁丝穿好的大鳖举在他面前，见他愣着，便又解释：“是这样，前些年乡里将屋后那鱼塘承包给养鳖专业户老顺，当时有意给他减了些承包费，让他以后换成鳖给我们……”

袁林生对类似做法一向十分感冒，因而这时连连摆手打断他的话：“不要不要，我不爱吃这东西！”说罢扔下小王继续往前走。

“袁乡长，您还是拿着吧，牛副乡长、吴副乡长，还有武装部郑部长，妇联易主任，他们几个都得了一份的。”小王很快追上来，站在了袁林生面前。

“王主任你怎么这样烦人呢，我不是说过我不要吗！”袁林生不由得蹙起了眉头，接着再次扔下小王朝前走。

这次小王没再追来，但袁林生的脚步却渐渐迈得有些犹豫，前思后想，他觉得自己初来乍到的，为这事跟大伙拗着很是不妥，于是急忙转过了身去：“哎，王主任，你等一下。”

“我这人就是自私，光想着自己不好这一口，其实我老婆特爱用鳖煲汤吃。”袁林生有些不好意思地说，“这么大三只鳖，她见到了还不高兴死？——这样，我还是把它们拎回去吧！”

……

常言道：近朱者赤，近墨者黑。生活中，很多的时候，近墨者未必愿黑，问题是四周太黑，他不得不跟着黑起来。袁林生最后这一转身，对于他本人来说，事出无奈，对于我们生存着的这个社会来讲，委实是莫大的悲哀。

——晓丹（公务员）

照例休闲

晚饭过后，院子里各家的女人都留在屋里忙家务，男人们则叭着烟聚在外边闲聊。

卖烧饼的个体户武大说："跟你们说个事，工商局高俅栽了。这家伙上个月去广东出差时绕道去澳门赌博，两天一夜下来，输了整整三百万，结果被人告到纪委去了。"

下岗后在一个高档小区做保安的李逵愤愤地说："该！他姓高的也就一个副局长，靠正当收入哪有这么些钱，还不是贪污受贿弄来的！你们恐怕不知道吧，他还养了二奶呢，就住我做事的那个小区，年纪比他女儿都小，生了个男孩，两三岁了，跟他一个模样。"

"看来我的业余漫画创作得改变方向了。"中学美术教师唐伯虎叹气道："原先主要是鞭笞传统教育的弊端，今后得讽刺讽刺这帮不知廉耻的贪官污吏了！"

武大说："你早就该画他们！如今就他们最招人恨，依我说，对他们这些贪官、淫官，除判刑外，还得增加一条，把他那东西给阉了！"

"阉什么阉"，李逵亮着粗嗓门嚷起来："干脆把他们给毙了！他们这些人，早死早好！……"

三个人情绪激昂发议论时，院子里唯一没有参加聚会的男人、城建局副局长宋江一直在家忙着打扮自己，尔后西装革履地走了出来。

武大见状搭腔道："宋局，穿这么整齐，上哪去啊？"

宋江呵呵一笑答："今天周末，还能去哪，照例上街休闲去！"

"你什么时候回来呀？"宋江老婆追在他身后软软地问，眼神中满是幽怨。

“担心什么呀，我会早点回来的，明天有人请打高尔夫，一早就得出门，那可是三千块钱一张的门票呢！”宋江头也不回，说话间大步流星走向停放在院子门口的小车……

如今这世界，很有些脸皮厚的人，《照例休闲》中的宋江就是其中一个，管人家骂也好，恨也好，他不该拿的照拿，不该收的照收，正所谓无耻者无敌。

小说里几个人物的对话很值得玩味，武大、李逵们与宋江之间，看似不温不火，实则唇枪舌战，短短的几句话，勾勒出了几张性格鲜明的嘴脸，描绘出了不同社会阶层的心态，很见功力！

——文学评论家：跃晴

平　衡

邻居贫寒，经济状况与他家相比有天壤之别，但他心里却常常难以平衡。原因是两家的儿子同龄、同年级，但自己儿子的学习成绩远不如邻家的，自小学到初中再到高中，邻家儿子一路顺风顺水凯歌高奏，而自己那儿子却蔫头耷脑一直徘徊在班上倒数十名之内。

这不，刚不久，两家儿子同赴高考考场，邻家的考取了全国重点，自家的离专科录取线都还差一百多分。那令人艳羡的高校录取通知书在给贫寒的邻家送去满屋子喜气的同时，也给他带来了无尽的沮丧与烦恼……

邻家儿子接到高校录取通知书的次日，忽有商场送货车开到他家门前，卸下来一台高清晰宽屏数字彩电。车走后他立即点燃预先准备好的鞭炮，“劈里啪啦”的欢乐很快招来了四邻。于鞭炮响过后那袅袅的蓝烟中，他喜滋滋向众人释疑：“呵呵，刚刚在商场的有奖购物活动里中了个一等奖……”

人世间有一种病，叫心理失调，治疗这样的病，最有效的方法是将失调了的心理平衡过来。《平衡》里的“他”，倒是很会平衡自己，不过他采用的方法实在是可笑又可悲！

非常巧妙的构思，三言两语道出了人性中的丑。

——陈宏宇（诗人）

精神病人

周末的下午，阳光灿烂，小小的居民院子里四处是人，下棋的，打麻将的，嗑瓜子聊天的，蹲在墙根下晒太阳的，这里一簇，那里一群，煞是热闹。

忽然，院子大门被“嘭”地一声推开了，冲进来一个神色慌张的陌生年轻人。这人气喘吁吁地绕着院子跑了大半圈，最后蹿到院子西侧那棵铁树下，迅速蹲了下去。

院子里的人霎时全愣了。还没待大家回过神来，大门口又冲进来一个乡下人模样的中年汉子。

“哎，请问一下，”中年汉子气喘吁吁说：“刚才是不是有个年轻人跑到这里来了?”

鸦雀无声。

“这么一会儿功夫，他能躲哪里去呢?”中年汉子绕着院子四处寻找，一边带着悲腔说：“唉，这可怎么办啊，刚刚卖生猪得来的八百多块钱全被他抢走了!”

院子里依然鸦雀无声。

中年汉子左看看右瞧瞧，没能发现藏身在铁树后的那个年轻人，便转身往外跑，准备去别处追寻。

就在这时，站在麻将桌旁边“观战”的二宝忽然开了腔：“哎，你要找的人就躲在那棵铁树后边!”

中年汉子一听连忙掉头冲向那铁树……

大家一时间都惊呆了，默默地看着中年汉子揪住那年轻人并索回了被抢去的钱，接下来两人一前一后离去时，正在屋里的二宝爹忽然闻讯赶了出来。

“师傅，对不起，请你千万莫见怪，我这孩子前年出车祸伤着了脑子，精神不大正常。”二宝爹满脸恐慌地向那劫贼解释，旋即又请四周的人作证：“你们说我这话是真的不？”

大家连忙你一言我一语回应：“没错没错，你家老二真是脑子有毛病，精神不正常……”

如今社会上还真有这么一些精神病人，他们患的病关乎人的思想境界与道德品行，与医学基本无关……

——陈宏宇（诗人）

暗 箭

我们这群伙伴中，数张启文最令人讨厌。

大家讨厌他的原因，主要是这家伙爬得太快。大家同在一个位置上呆着多好，他却冒尖爬上了高处！这让大家看着眼睛发胀，想着心里泛酸。

更使人不愉快的是，这家伙还在满头大汗地往上爬，可以预见，照此发展下去，他很快就会爬到更高的地方去。

我们很焦急。

我们知道自己已很难赶上他，我们还知道，如果不采取什么对策，任张启文就这么一步步往上爬，不久的未来我们的眼睛势必会更胀，心里会更酸。

好在张启文呆在高处，那地方的能见度远比我们所在的位置好，于是大家心照不宣地四散到一些阳光照射不到的地方向他暗中放箭。

我也选了个地方放箭。与其他人一样，我放的箭有的射中了有的没射中，但效果不错，命中的几箭都是张启文的要害部位，而且由于事先在箭头上涂了毒，张启文的中箭部位烂了很久才愈合。

功夫不负有心人，终有一日，张启文如我们所愿，带着满身箭伤从那高处跌落了下来。

看着张启文痛苦不堪地重新“归队”，大家的眼睛很快就都舒坦了，心里也变酸为甜。于是不无同情地围上去问候、安慰他。

不过没过多久，大家又心照不宣地赶忙分散到那些阳光照射不到的地方去了，因为我们中有个叫李启文的家伙又冒尖爬到高处去了……

地球人都知道，暗箭伤人！在这门“兵器”的使用上，某些国人的能力相当了得。这篇小说用寓言式的写法，别具一格的构思，形象地勾画出了生活中那些善放冷箭者的恶劣行为和心态。

——文学评论家：跃晴

第二辑

神马与浮云之间的风情

烟花四起

遥远的水井

城市风情

生 死

情归何处

鸡鸭遍地

满地亲情

经济头脑

……

烟花四起

黑子与小英同在聚宝烟花厂打工，他们的工作之一是试放厂里新研发的烟花产品。

于绚烂的烟花里，两人的爱情之花也在不知不觉中悄悄绽放了开来。

两人一同燃放烟花时，小英常常会跟黑子打趣：“哎，黑子，来日结婚时，你打算拿啥来娶我呀？”

黑子说：“房子买不起，车是更没指望，我只好买些烟花去你家放了。”

小英“扑哧”笑起来：“你可真会捡便宜，放几个烟花就能讨到老婆了？”一边将黑子追打进那片缤纷的烟花中……

转眼过去半年，由于母亲患重病需钱救命，小英不得不嫁给了对她垂涎已久的烟花厂老板贾聚宝。

又半年，小英外出办事遭遇车祸，从此瘸了左腿；再后因不堪贾聚宝的嫌弃和白眼，伤愈不久便主动提出离婚，随即住回了娘家。

回娘家的第七天晚上，小英正躺在床上暗自神伤，窗外那漆黑的夜空忽然绚丽开来，伴随着连环炮般的烟花声，一个熟悉的身影推门走了进来。

小英霎时泪流满面：“黑子，你……你怎么来了？”

“我来娶你回家呀！”黑子笑着走过来，俯身抱起了小英。

“不……不行！”小英先是手扳床沿不肯离开，被黑子用力掰开；继而死死抓着门框，结果被黑子再次掰开。

出屋时，同来迎亲的黑子的几个伙伴越加起劲地燃起了烟花，小英娘家门前立时“嘭，嘭”作响，烟花四起，七彩纷呈。

小英这时也不再挣扎，任由黑子抱着她走进那片绚丽中……

遥远的水井

狼狈如逃犯，疲惫似挑夫，这话说的就是他俩这样的徒步登山旅游者。

狼狈而疲惫的他们眼下最最渴望的是喝水。

于是向迎面走来的一个山民打听哪儿有山泉。

不想问得正是时候——山民扬手指指不远处的一片竹林，说那里就有。

于是立刻做出决定：女的原地看包，男的先行探路喝水；待男的喝过后，再换女的去。

男人很快找到了泉水。那是一口井，位于另一条路旁，井口较小而水面较低，必须探进去大半个身子才能够得着。

男人探身进井喝水时，心里忽生危机，他想这时候若是有谁使坏轻轻一扳井沿边自己的手或腿，自己这一生也许就“交代”在这水井里了。男人这么想着时，身后忽然响起一声咳嗽，吓得他一个激灵猛地从井中抽出身来。

转头看时，一个行人已从井边走过。

于是再次俯身喝水。不料这时又有人从路上走过，弄得他又没喝成。

接着男人便站在那里等，他希望有那么一段时间，路上没行人或是干脆有两个以上的行人，但一时半刻的偏偏没有这么个时机。

眼看女人在那边等久了，男人只得返回换女人来。碍于面子，男人没告诉她自己没喝上水。

女人去了好一阵才回来，说是没找到水井。

水井不就在那儿吗，怎么会找不着呢？男人说着背起行李陪她一同

折回。

女人显然也说了谎，折回后不待男人多作指点就径直来到水井边。令人悲伤的是，女人这时并没有俯身进井喝水，而是站在那里左顾右盼往山路两边看。

——男人知道，她在等候路上的行人！

在我看来，这篇小说至少有四个方面值得称道：一是题目取得到位；二是作品充满情趣而且富有哲理；三是描写比较细致；四是结尾出人意料却又符合情理，这个结尾描写女人的心理，很细微，它有足够的爆发力——我们以为夫妻俩一起就可以喝到水了，然而不是这样的，女人开始是因为路人不敢喝水，而没有路人的时候，却惧怕自己的丈夫，这是一个放大镜，我们可以借它清楚地看到人与人之间的信任危机。

——著名青年小说家：肖晨

生　死

男人当班下井那天，煤窑发生了瓦斯爆炸。

女人泪水婆娑守在井口，手里拎着一只乳白色保温桶，桶里装着一只炖得稀烂的乌骨鸡——男人平时就爱吃这口。

一连几日，女人都是如此。

亲友们见了都劝她节哀，并叫别再炖鸡了，说从这井下找出来的人，不可能还会有活着的。

女人不听，每次照样用那乳白色保温桶拎着乌骨鸡来。女人说："我知道，他不会死，他肯定还活着，我要等他上来吃鸡。"

不料男人真没死。原来男人那天没下井，而是以上班为借口带情人外出游玩去了。

看到死而复生的男人，女人很高兴，也不提他与那外遇的事，一见面就端出炖好的乌骨鸡给他吃。

只是打那以后，女人的情绪就不是太好，有熟人见了她就问："哎，听说你男人还活着呀？"她脸一阴说："他死了。"

著名诗人臧克家写过一首诗：《有的人》，其中一段是这么写的：有的人活着，他已经死了；有的人死了 ，他还活着。《生死》以小说的语言和架构，对这首诗作了形象的诠释。

夫妻关系，凭的彼此间的情感，因而在小说中女人的眼里，男人是"生"是"死"，全由情感决定。女人那一声"他死了"，真不知夹裹着多大的哀伤与绝望！

——文学评论家：跃晴

情归何处

元旦那天，她忽然失踪了。

四个儿女闻讯赶来时，已是晚上九点多。据邻居说，从午后到现在，一直不见她的踪影。考虑到她年龄才过六十，身体也很硬朗，儿女们估计她绝不至于出门后因为失忆而忘了回家；也没听说附近那里出了什么意外事故，最大的可能是外出玩去了。近年来，有几个老头跟她来往比较多。这成了儿女们都不愿言说的一桩心事：母亲都这个年龄了，大家也都成了家，这时候她若是出了“那方面”的事，叫我们这面子往哪搁去?

于是四处活动，分别找了跟她一起跳过秧歌的赵伯、同去看过京戏的李叔、结伴爬过山的张伯……均无功而返。

时近子夜，邻居忽然提醒大家到近旁的方州大桥去找找，说最近时不时看到她往那桥上去。

大家听了心里一动。他们知道，三十年前，他们的父亲就是在建那座桥时因工意外去世的。

于是一齐赶往方州大桥。

她果然手扶栏杆孑然伫立在桥上。

远远望去，她头上的白发就像一团枯草一样飘动在夜风中。

看罢《情归何处》，很是感慨，平日里，常听人提起要如何如何关爱老年人，但是我们看到的“关爱”，多半是给老人送些御寒的衣服，果腹的食物，很少有人去关心他们的精神需求。愿天下为人儿女者多多关照父母的内心世界，让他们不仅病有所医、老有所养，而且情有所依。

——文学评论家：跃晴

鸡鸭遍地

英子外出闯世界，别的没闯出来，倒把自己闯成了一只鸡。

成了鸡的英子外表很是光鲜，但心里头却总是怯怯的不敢见人。

英子最怕见到的是村长。村长平日在村里怎么看都是一只狼，可凶呢，现在自己成了鸡，碰上后还不由他吃了撕了！

但那天，由于一件紧要事，英子不得不去找村长。

英子忐忑着来到村长家门前时，村长正在他家厅屋招待客人。看得出是上面来的人，其中有乡长，还有一些别的什么官。英子畏缩着不敢进去，便站在屋檐下犹犹豫豫地看着，看着看着，她忽然发现村长完全没有了往日的狼相，而是一只温顺的"嘎嘎"叫着的鸭子。有了这个发现后，英子心里的胆怯便很快消退了，于是心安神泰地走进去请村长办事。不料村长转过脸来跟她说话时，猛然间又变回成了狼，吓得英子忙不迭退了出来。

事没办成，但英子的收获却是不小，她发现村长不光是狼，有时候也是鸭子。

此后，英子便喜欢留意四周的人，她发现只要时间、地点选择得当，总能看到一些有模有样的人突然变成了自己的同类。

原来这世上，到处都是鸡和鸭！

一篇好的小说，往往令人耳目一新，《鸡鸭遍地》便是如此。首先是表现手法新，你看这里头，好端端的愣是把女孩英子说成了动物：鸡；而对村长的描写就更有意思了：他一会儿是狼，一会儿又是鸭子；并且这一切看上去都很顺溜很好理解，并无突兀感。再是叙述语言新，这一点从文章开头一段："英子外出闯世界，别的没闯出来，倒把自己闯成了一只鸡。”即见端倪。还有就是较之于同类题材的小说，本文在主题上有新的开掘，在对故事中各色人等讽刺之后，英子（其实是作者）又有新的发现：“原来这世上，到处都是鸡和鸭！”

小小的一个“蚂蚁”，给了人这么多的新奇，想说它不成功也难！

——文学评论家：跃晴

经济头脑

邻近住宅区有对夫妻常常光顾B老板的餐馆。两人多半是吃些面条，米粉之类的便餐。为招揽生意，B允许老主顾赊帐，唯对他俩例外。后来那对夫妻有很长一段时间没到餐馆来，再后来又来了，但这时男人带来的不是自家老婆而是一个衣着时髦且嗲声嗲气称他为“大哥”的年轻女人。两人一进餐馆就往包间走，点的也尽是些高档酒菜。有时那男人身上没带够钱，B老板就爽爽快快把帐记上，让他下回再付。餐馆服务员见了十分迷惑，忍不住问：

“老板，原先他欠个五块十块的你都不让，现在他一赊帐就是上百块，你怎么又肯了？”

B说：“原先他没钱，我怕他欠着老不还，现在他‘发’了，不怕他欠。”

服务员想了想，又问：“你怎么知道他现在‘发’了？”

“这还用问，”B瞪服务员一眼，“没看到人家现在搞上外遇了吗?!”

常听人说：男人有钱便变坏，这小说讲的就是这么个事。《经济头脑》高明在它的叙述视角，通过一个餐馆老板纯经济的目光和纯生意人的嘴，把这样一个生活中几乎都听腻了的故事讲出了新意。

——小果（工人）

灵　犀

差不多快两个月了，他和她几乎每天都来到公园深处的这块空地上晨练，他打太极拳，她跳中老年健身操。

两边的晨练队伍，有时候人多，有时候人少，但不管人多人少，他俩的目光时不时的总会有意无意地碰在一起，其中有探寻，有欣赏，还有依恋……

也有好几回，他所在的太极拳队伍就只来他一个，她所在的健身操队伍也只她一个，这时候他便会停下来，或远或近地看着她。她自然是继续跳她的健身操，只是任她怎么努力，那操都难免不乱方寸。

这天早晨，来这地方晨练的又只他俩，他又收住手脚看她跳健身操，看着看着，他不由得就走近来。这时她的健身操便又乱了方寸，以至于不得不停歇下来。接着两人的目光就又交会在了一起。期间彼此似乎都有话说，但却都没开口，直至最后分手离开。

当天傍晚，以往从不在这个时候出门的他来到了这里。不久她也匆匆赶来了。于是两个既陌生又熟悉的老人有了第一次语言交流——

“你来了呀?”远远的，他就向她发问，语气很有些焦急。

她点点头“嗯”了一声。

接下来两人就都红了脸 。

好一阵，她才开腔说话 ：“那事我跟孩子们说了，他们都没啥意见。——你那边呢?”

他说：“我那边也没问题。”

西边天际，晚霞一片火红……

导读

看着《灵犀》，我不由得哼起了一首歌："最美不过夕阳红，温馨又从容……"小说很短，但却张弛有度地描写了一对老人的黄昏恋，他们彼此爱慕，心有灵犀，共同谱写了一曲曼妙的情爱之歌。

衷心地为他们祝福，愿天下有情人终成眷属！

——陈宏宇（诗人）

“呸啾”

张三从邻市出差归来，老婆一见面就半真半假地问：“听说那边蛮多‘鸡窝’，你这次去那边，没‘跌’进‘鸡窝’里去吧？”

张三两眼一瞪说：“你莫乱猜疑好不好！我要进了‘鸡窝’，天打雷劈！”

随即走开去，连说了两声“呸啾”。——本地习俗，“呸啾”一语有清除刚说过的话之意。

不料老婆就跟在后头，冷笑着说：“咦，你‘呸啾’什么呀？”

张三硬着头皮狡辩：“我哪里‘呸啾’了？我刚才是吐口痰！”

老婆说：“那你再发一次誓。”

张三说：“发誓就发誓，我要进了‘鸡窝’，天打雷劈！”

没想到次日下雨，张三打伞外出办事，真让一个炸雷给劈死了。

消息很快传到了与张三一同去邻市出过差的李四家。

李四老婆说：“也不知道这发誓赌咒的事可不可信，若是可信的话，张三还真是去玩了‘鸡’。说罢一脸狡黠地望着李四笑。”

李四连忙表白道：“你笑什么？我也没留意张三玩没玩‘鸡’，反正我没玩，我若玩了‘鸡’，天打雷劈！”这话一说完，李四立刻就去了厕所，合上门，拧开水龙头“哗、哗”冲便池，再转身凑到门缝朝外看，确信老婆没跟过来，便连声叫起来：

“呸啾”！“呸啾”！……

如果说人生是一场戏，那么这戏里当数夫妻戏最有看点，不信你就“观赏”一下下边这两对男女的“表演”，虽然只是一个片段，但却十分精彩！

——北大经济学博士王博钊

河东河西

河东的石头看上了河西的荷花，但荷花看不上他，为此石头很是苦恼。

石头他爸知道了石头的心思，就给儿子出主意，叫他找个机会强蛮把“生米煮成熟饭”，说那样对方没了退路，就只好跟了你；还说当年他找石头妈，就是这么干的。

石头便依计强蛮把“生米煮成熟饭”了。

没想到荷花从此越加看不上他，反倒跟河西的钢子甜甜蜜蜜地谈起了恋爱进而谈婚论嫁。

石头无奈便找到钢子把“那事”告诉给他，结果被钢子揍了个鼻青脸肿。

石头虽鼻青脸肿但心里头却不无轻松与快乐，石头想这一来荷花只得转而跟了自己。

不料钢子和荷花的婚礼如期举行。

悠悠扬扬的唢呐调子和“噼里啪啦”的鞭炮声欢喜在河西的上空。

“哗哗”的河水边，石头望着对岸那片洋溢着喜气的天空直发呆。

许久回转身，蓦然发现爸爸就站在后面，也是木木地望着对岸，一副呆相……

自古至今，国人都特别看重女孩的所谓贞操，一个女孩若是被谁“把生米煮成熟饭”了，那多半是要嫁给他，因为她很可能就此难以寻觅到愿意与她同度此生的异性。然而，社会发展到如今，有意无意中，人们已经渐渐将这事看淡了，比如《河东河西》里的男青年钢子，就完全不把这个

当一回事。这不能不说是人们婚恋观的一大进步。

赞赏作者敏锐的生活观察力，让石头和他爸爸这样的准流氓继续发呆去吧！

——文学评论家：跃晴

满山野花

老总外出休闲，总喜欢把秘书带上。

这次去本市新开发的明月山风景区游玩，老总又叫上她。

走进事先订好的五星级宾馆套房，步入后边那观景台一看，就见满山的野花七彩纷呈，随风摇曳，把女秘书惊喜得又叫又嚷。

于是相伴着一同上山采花。

沐浴着春日里柔软的阳光，置身于茫茫花海中，老总和秘书情绪陡涨，这样那样的花采了一支又一支。

唯一令人不能满意的是，时不时的，远处或近处，会突然冒出一对熟悉的男女来。所幸他们陪伴的也都不是自己的配偶，因而这时大家都会主动避让开。

和人家一样，老总和秘书碰到人时，并不是两人都躲开，而是让年轻灵巧的秘书跑远去，这样光是两个男人撞在了一起，不至于太尴尬。

眼看怀里的花已经多得抱不下了，两人这才尽兴而归。这时又碰到一对熟人，女的是秘书的一个女同学，男的是市里一个机关的头头。这里没什么可遮掩的地方，就不远处一个凉亭可以躲避。秘书这时二话不说便将怀里的花塞给老总，随即疾步往那儿奔。

气喘吁吁来到凉亭，没想到那女同学从另一条路上来到了凉亭。正尴尬时，忽发觉她俩的一个男同学也在这亭子里，于是一齐跟男同学搭讪：“说我们是陪‘老板’来山上采花的，你怎么也跑到这里来了啊?”

我也是。对方红着脸说：“别以为光男的爱采花，我们公司的女老板也喜欢。”

满山“野花”为谁开？男女老总及其同类也。本文以花喻人，构思巧妙，写出了当今这物欲横流的世界里，某些权贵和富人们日益堕落的精神世界和糜烂生活。

讽刺得够味！

——文学评论家：跃晴

四海为家

燕子这些年随老公外出打拼，走南闯北的跑了很多地方，也赚了不少钱。

赚了钱的燕子夫妇在村里建了一座很漂亮的三层小洋楼。

但燕子夫妇不满足，建好楼后，紧接着又外出闯世界。

于是平日里与好友通电话时，常有人劝燕子回来住，说："你有这么好的一个家，还老呆在异地他乡干什么？"

燕子说："我老公在这边啊！"

好友说："那也不如在家好。"

燕子听罢柔柔答道："老公在哪里，哪里就有家。"

一晃两年。两年之后，燕子因老公有外遇离异，他俩那楼也一分为二变成了两家。

离异之后，燕子依旧漂泊在外。

于是又有好友相劝，说："燕子你还是回来住吧，你一个女人，老在外边闯荡，多苦啊！"

燕子说："我在这边重找了男人呢。"

好友说："那也不能老跟着他在外头劳碌啊，这样东跑西颠的，哪像个家呀？"

"家是和爱在一起的。"燕子说："哪里有爱，哪里就有家。"

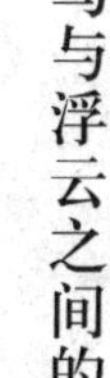

《四海为家》以简洁的笔触和快节奏的叙述，描叙了主人公燕子的两

段婚姻，诉说了一个普通农家妇女对于家的理解。

本文“家是和爱在一起的，哪里有爱，哪里就有家。”一语，堪称经典！

——文学评论家：跃晴

恭喜牛局长

马大嘴前年生了场恶病，自此脑子不大灵光。当年年末，他应邀参加局办秘书张丽娜女儿的满月宴，席间众人议论到新生儿的长相时，他似醉非醉间忽然发言说那孩子很像是本单位牛局长，弄得场面很是尴尬。去年“十·一”，马大嘴去局财务科科长李燕家串门，正碰上主人家三岁的儿子外出玩耍归来，聊兴正浓的马大嘴一时糊涂竟又议论起了人家孩子的外貌，说这孩子有官相——从眼睛、鼻子到说话时的神态，都跟咱们的上司牛局长有几分相似。结果被李燕两口子当场轰出了屋……

这次本科室女同事胡琳生了个儿子，马大嘴再次受邀参加满月宴。老婆怕他多嘴惹祸，特意随同“护驾”。两口子看过胡琳儿子后，马大嘴老婆确定新生儿的父系基因来源于胡琳的丈夫（难怪胡琳大大方方发帖请马大嘴!），这才放心让马大嘴喝酒、说话。没料想酒过三巡，马大嘴忽然端起酒杯起身走向牛局长所在的另一桌：“牛局，恭……恭喜……”

话音未落，四周立刻聚过来一片疑惑的目光，牛局长更是满脸的茫然。

“恭喜你，牛局，小胡这……这孩子可是一点也不像你……”

蚂蚁小说限于篇幅，寻找合适的叙事角度很重要，《恭喜牛局长》通过脑子不大灵光的马大嘴的言行举止，将从侧面刻画出了色鬼牛局长的形象。

“螺丝壳里做道场”，挺不错!

——文学评论家：跃晴

午夜逃遁

午夜时分，按摩店老板周琳忽接老家来电，告知她妈遇车祸身亡。考虑到自己离开后店里没人“打点”，周琳急令众人不再接客，以便尽早关门赴丧。

匆匆忙忙整理行李时，有姐妹从前台跑来，说刚刚闯进来几个男人，醉醺醺的嚷着要求服务，怎么好言相劝都不肯离开。

周琳说：这样，给他们每人倒贴五百块，叫他们上别处快活去！

姐妹们得令离去，没多久又急火火返回，说那些客人极为蛮横，把她们送上的钱扔在一边，非要提供服务不可。

周琳匆忙中便又丢出去一句话：“告诉他们，我妈死了，我得赶回外省老家去服丧！”

姐们们立马赶往前台，旋即又回来，告知那几个男人还是不走，说老板她妈的死活跟我们无关，我们只要你们陪我们玩！

周琳听了很生气：“这帮臭男人，还非得来硬的是吧？过去跟他们说，再他妈赖在这里，老娘可就叫黑牯来了！”

黑牯是这边颇有些名气的地痞，这一带人人“敬”他三分。没想到对方并不把黑牯放在眼里，依旧吵吵闹闹的赖在店里。

周琳闻讯火冒三丈：“嘿，这些人还真邪，那就告诉他们，再这么胡搅蛮缠下去，我们就向派出所报案去，大不了来个鱼死网破！”

不料这话仍然威胁不住他们。周琳见前台那边还在闹个没完，忽然心生一计，于是停下手头上的事走到前台去：“哎，哎，你们别吵了，听我说件事。”

屋里一时静了下来。短暂的寂静中，就听到周琳心平气和地轻声说了一句：“没关系，你们就在这里消停等着吧，纪检的人马上到了。”

话音刚落，众酒鬼脸色大变，纷纷奔逃出店，没入夜色……

《午夜逃遁》描写了按摩店里一群身份特殊的顾客，为了吊起读者的胃口，作者让按摩店老板一而再再而三地用各种优惠条件“打发”他们，以突出其身份的不一般，最终才在细节上来个反转揭秘。

作者对“欧亨利式结尾”运用娴熟。

——文学评论家：跃晴

反向思维

他很晚才醉醺醺地走回家来。妻子蹙眉问："这么晚了，你到哪里喝酒来?"

"莉……莉莉家。"

"莉莉?"妻子脸色大变，"莉莉是谁? 她住哪里?"

"这是秘密，不……不告诉你。"他不无得意地说，"莉莉对我可亲热呢，还叫我喝……喝酒，我说我喝……喝不少了，可她撒娇不肯，硬叫我陪……陪她再喝几杯……"

妻子愣了愣，随即"切"一声笑起来："你个醉鬼，舌头都被酒泡硬了，还这么不正经！就你这模样，还有能耐寻花问柳?"说罢去厨房为他打洗脸水……

次日一早醒来，他忽然想起什么，问妻子："昨晚回来时，我对你说过什么没有?"

"哟，这么快就忘了?"妻子揶揄道，"你不是说和一个叫莉莉的亲热去了吗?"

"别……别当真，那是我喝多了酒说胡话呢!"他急忙解释，"其实昨晚和我一起喝酒的全是男人：我们科老赵，统计科大李，财务科的小周，还有……"

望着他那张铺满惊慌的脸，妻子猛然警觉起来："别说了别说了！我问你，昨晚你们是在谁家喝的酒?"

"老赵家呀。——不信你去问嘛!"

"几点散的席?"

"大概九点左右吧，不不不，到了十点!"

“好，就算到了十点。可老赵家离我们家只几分钟路，你怎么十一点多才回来呢？”

“这……因为……这是……”

“你个没良心的东西，我哪点对不住你呀，”妻子“呜呜”哭起来，“你要不说出昨晚到哪个女人家我就跟你没完！……”

无论是生活中还是网络上，有关夫妻关系的故事几乎是铺天盖地。《反向思维》另辟蹊径，从人的思维方式着手，把一个原本平淡的故事写得妙趣横生。

——陈宏宇（诗人）

真要出事

土狗进城买化肥，带回来一条消息：有财因经济问题出事了！有财爹老坤嘴一撇说，别听他瞎说，有财刚给家里通过电话，好着呢，能有啥事？说话间当众拿出手机，再次跟有财通了个话。在场的人虽然听不清有财具体说的啥，但他那鸭公嗓门却是清晰可辨，于是一齐责备土狗胡说八道，满嘴跑马。

虽然跟有财通了话，而且有财也一再声称自己平安无事，但老坤还是不大放心，连忙差遣有财老婆秀英暗中进城打探虚实。

秀英进城后很快打来电话，说有财被“上面”的人找去谈话了。老坤闻讯满不在乎：哦，这不要紧，有财被领导找去谈话也不是一次两次了，没事！

次日上午，秀英又报信，说有财被纪检的人叫走了。老坤听了依旧不很在意：哦，这没关系，以往纪检也找过有财，每回有财都“摆平”了。

次日下午，秀英再次报信，说有财被检察院叫去了。老坤心里一紧，随即又放松下来：哦，这不用操心，有财上上下下都有人帮衬，他能挺过来的。——你想啊，去年那案子闹得那么凶，到头来有财还不是屁事没有？

果然，当天傍晚，秀英便来电告知有财被检察院放出来了。

踏踏实实睡了一觉，转日刚吃罢早饭，就见秀英坐早班车从城里赶回来了，脸上满是沮丧：“爹，有财只怕是真要出事了!”

老坤很是疑惑：“检察院不是把有财给放了吗?”

秀英说：“放是暂时放了，可……可昨晚他没去找别的女人，一直陪着我，还领我去商场买了不少新衣裳。”

老坤一时愣了。愣怔中就听到秀英说：“爹，你想啊，有财打当上官后，啥时候对我这样好过?”

对于职场上的男人，判断他出没出事，有很多的方法，《真要出事》里展示了一种，这方法也许确有其事，也许来自作者的构思，读来倒也新鲜有味。

——文学评论家：跃晴

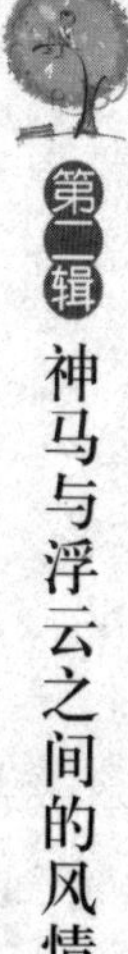

永远的春燕

那座山上驻扎着一支通讯部队，部队里多为女兵。二十多年来，这支部队的女兵们一直照顾着山下村子里一个名叫赵秀茵的女盲人。

这次，轮到了即将退伍的老兵张丽和一个新兵去她家。

路上，张丽告诉新兵："赵秀茵家两代都是烈士，当班长的老公在五十年代的湘西剿匪战斗中阵亡，任连长的儿子牺牲于八十年代初的南疆边境战争。她的眼睛就是因为痛失儿子而哭瞎的。"

张丽又说："为了照顾赵秀茵，许多年前，部队里曾经牺牲一个人，她叫易春燕，她去赵秀茵家帮做事，归途中遇上了山洪……"

张丽还说："得知易春燕'离去'，赵秀茵悲痛欲绝并大病一场，自此成了痴呆。部队里去的人，一概要自称易春燕，谁要说漏了嘴，她就哭、闹个没完。"

两人来到赵秀茵家，立刻里里外外忙起来，期间跟邻居闲聊时，新兵一时忘了张丽的叮嘱，当着赵秀茵的面询问起了易春燕当初牺牲时的一些细节。赵秀茵一听立时嚎啕大哭，一边抹着眼泪说："春燕没死！春燕没死！……"

众人见状忙把新兵推到她跟前："你刚才听错了，春燕没死，你摸摸看，她这不是好好的吗?"

赵秀茵伸出皱巴巴的手，摸摸新兵的帽徽、领章又摸摸她那张白嫩的脸，马上破涕为笑："唔，没错，她是春燕。"说罢亲切地叫一声："春燕!"

"哎!"新兵热着喉咙答应，话音未落，泪流满面……

导读

随着年龄的增长，很少有故事让我感动，尤其是这种短小的“蚂蚁”。读罢《永远的春燕》，我禁不住湿了眼眶……

谢谢作者，向春燕以及她的战友们致敬！

——晓红（工人）

帮　助

接连几个晚上，她都孑然伫立在那行人稀少的河堤上发呆。

河水“哗哗”流淌着死的诱惑。

终有一回，她再也抗不住那诱惑，偏腿跨上了护河栏杆。

这时不远处忽然传来“扑通”一响，随即听到有人“哎哟、哎哟”地惨叫。

她略一犹豫，便撤回腿往那边走去。

原来是个坐轮椅的老奶奶摔倒在地下，她那轮椅刚才绊上了石头。

她见状只得将老婆婆扶上轮椅。正欲离开，老奶奶又呻吟着请求帮助，说是刚刚摔伤了手，没力气转动轮椅。

于是她又将那老奶奶推回到了近旁住宅楼的家。

进屋后，经不住老奶奶的一再挽留，她只得在那老奶奶家坐了下来。

老奶奶原来是个老军人，儿女都在外地工作，眼下请了个家政服务员照顾她。

闲聊中得知她的遭遇后，老婆婆便开导起了她。说话间老奶奶还给那家政服务员去电话，叫对方今晚不用来家住，说是孙女过来了，有孙女陪着……

就这样，那天晚上她留宿在了老奶奶家。

没料想次日早晨起床时，任她怎么叫也不见老奶奶醒来。

急呼110。经检查，老奶奶死于心脏病。

那家政服务员抹着眼泪说：“这几天老奶奶一直在关注着她，并为她担忧着。”

又说：“老奶奶平日外出都要人陪着，从不独自出去。”

还说："老奶奶有心脏病，亲友们都知道，一旦发病就得给她喂速效救心丸。可昨晚她光顾了帮你，却偏偏忘了她自己……"

感人至深的故事！老奶奶为了帮助寻短见的她，可谓煞费苦心。《帮助》巧妙在情节的编排上，咋一看，你还真不知道是谁帮谁，一路看下去，心里既有阅读快感又充满感动。

——小果（个体户）

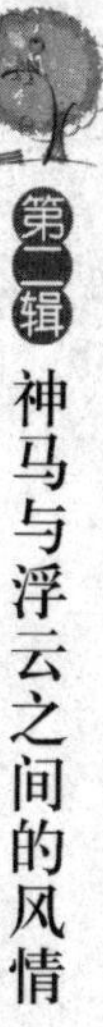

英　雄

午夜十二点多，厂浴室前忽然响起激烈的争吵声，随即吸引过去一簇人。

当事人是女工张丽和她所在车间的主任胡刚。女的说男的刚才趁浴室就她一个人洗澡跟进去欲行不轨；男的则满脸冤屈矢口否认，说眼下对方往他身上泼脏水，是因为平时工作中跟他有矛盾；说话间还气呼呼冲上去扇了她几个耳光，多亏众人拉住，才没继续打下去。

不久保卫科长来了，因为女方拿不出相关证据，便想暂且把他俩劝开。无奈胡刚坚决不依，一定要对方当众向他道歉，并扬言不如此今后见她一回就打一回，宁可为此进监狱！这时泥工班青工黑牯从人群中挤进来，说是找丁科长有点事。黑牯平日里偷鸡摸狗的很是让人看不起，上个月还因为聚众斗殴被公安机关抓去关押了二十天。因而丁科长眼下更是不愿理他，叫他有事明天再说。黑牯看看张丽又看看胡刚，忽然指着张丽说：“她没说假话。”

人群立时骚动起来。胡刚更是暴跳如雷：“你……你凭什么这样说?”

黑牯说：“我看到了。”

胡刚一声冷笑：“你看到了？你从哪看到的？你说呀!”

黑牯不回话，只引着众人来到那平时很少去人的女浴室后面，此刻，在齐肩高的地方，有一丝光亮正穿过墙壁从屋里透射出来……

导读

英雄一般出现在两个地方，一是硝烟弥漫的战场上，二是平淡无奇的现实生活中，本文主人公就是出现在平淡生活中的英雄。他的英雄壮举，就在于他为惩恶扬善伸张正义战胜了人生最大的敌人——他自己。对这样的英雄，我们同样要由衷地伸出拇指夸赞一声：“好样的，了不起!”

——陈宏宇（诗人）

遗失在按摩房里的公文包

这是一只普通的手提式公文包，矩形，黑皮外壳，茄色绸缎底面。

包内搁有一沓这样那样的“文件”和“精神”，内容多为“正确的决议”、“重要的讲话”、“振奋人心的消息”……另有两副半新的扑克牌、大半包硬盒中华烟和一只打火机。

包内的左面有大小夹袋各一个。大袋里放着一叠百元钞票，其中有两千元一扎的钞票五扎，另有几张散钞，小袋里插着一本巴掌大的笔记本，自前往后翻，是若干页字迹潦草的会议记录，自后往前，则内容基本雷同，每页纸的上方都写有三或四个姓氏，姓氏下面均列有一组两位数的阿拉伯数字，前面大都有加号或减号，后一位为5或是0。

包内的右面也有大小夹袋各一个。大袋里装着一只黑色塑料兜，兜里放有一瓶金枪不倒油和一盒开了封的避孕套，瓶上的男人和避孕套盒上的女人都很性感，衣着少到不能再少。小袋里有些名片。名片正中是主人的姓名和职务，从事的工作令人肃然起敬；下边是工作地址和联系电话；背面的文字相对繁杂，表述的是主人的专业技术职称和各种社会兼职。

包的底部有一只不易发觉的小夹袋，拉链藏匿在茄色布面的皱褶中，里有发票若干张，蓝皮工作证一个，证件第一页印有五个红光闪闪的汉字：为人民服务。

导读

在《遗失在按摩房里的公文包》里，我看到了隐身在包后面的那个人，还有那人后面更多的东西，内容很丰富……

作者用自己独特的语言方法和叙述模式把一个看似很普通的事情艺术性地讲述给了读者。能把普通变成独特的文字，应该就是艺术，应该就属于文学。

文中没有一句话是在陈述作者自己的观点，没有议论，也没有抒情，所以我认为这是一篇形式很新颖并且构思很独特的蚂蚁小说。

——作家：正午

我该上哪打工去

小芸高考落榜，打算留在县城打工。

刚从城里打工回村的表姐玲子闻讯特意打来电话问：“小芸，听说你要去一个桑拿房打工，有这事吗?”

小芸说：“是呀，是我同学妈妈开的，她那儿缺一个收款员。”

玲子说：“那地方去不得，人家可不管你具体做的啥，只说你是桑拿女，传出去可难听了!”

小芸说：“那我就去海天娱乐城做事，那里的老板是我另一个同学的爸爸……”

“不行不行!”玲子打断她的话说，“娱乐城就更不能去了，如今一提到娱乐城，人家就想到嫖娼卖淫，这事要是传到村里，咱还能活?”

小芸想了想，说：“那就只好到我班主任老师堂叔那贸易公司去做文秘了，老师说我虽然高考落榜，但语文成绩不错，适合做文秘。”

玲子说：“这工作是不错，就是名声不好，你说你是做文秘，可人家说你是老板的‘小蜜’。”

小芸一听犯了愁：“这事也不能做呀?你看这样可以不，眼下城郊工业园有个制衣厂正在招工，我干脆到那儿应聘去。”

玲子说：“到工厂上班敢情好，但也有个问题……唉，就拿我来说吧，近来家里跟我说了几门亲，对方都因为我进厂打过工不同意，他们说如今的老板、工头都好色，一个漂亮女孩，天天在那些色鬼眼皮底下干活，人家还能‘放过’你?——小芸，说句实在话，你可比我漂亮多了!”

小芸一时没了主意：“玲子姐，那……那怎么办啊?”

玲子在电话那头沉默了好一阵，最后蔫蔫地答：“我也不知道应该怎

么办。”

看罢《我该上哪打工去》，我也很为小说中的小芸为难。唉，现如今社会上的一些事哟，真的是不知道从何说起……

——小果（个体户）

满城春风

蒋百万家养了一条黄毛母狗，取名蒋春风。

每天晚饭过后，老婆留在家里忙家务的时候，蒋百万便牵着蒋春风出门遛弯儿去。不过这是先前的事。如今蒋百万通常都是独自行动，出门遛狗的事不知何时转移给了老婆。

事情起因于他家所在的这个城市陆续出现了好些按摩店，有时蒋百万想进去玩玩，却因为身边跟着蒋春风而多有不便。

老婆大为光火，但蒋百万却不以为然。蒋百万说："如今这世界，男人上个按摩店算啥呀!"

于是照上不误。

渐渐的，老婆偃旗息鼓，不再闹了。

令人郁闷的是，老婆不知道何时出了"状况"。有好几次，蒋百万"按摩"回来，都发现蒋春风在"狗友"家门前跟人家的公狗玩。上前叫门，往往很长时间才开，而且屋里别无他人，只有老婆和那家男主人在那里"闲聊"。

这天晚上，蒋百万"按摩"回来，又发现蒋春风在一个"狗友"家门前跟人家的公狗玩。上前叫门，又是很长时间才开门，见面后，头发凌乱衣衫不整的老婆又坚持说他们是在屋里"闲聊"。

蒋百万一时忍无可忍，正不知如何发泄，忽一眼看到近旁正与异性耳鬓厮磨着的蒋春风，于是冲上前猛地踢它一脚："臭不要脸的东西，我叫你骚!"

蒋春风立刻疼得"嗷嗷"叫着跑开去。但蒋百万不放过它，接着追过去继续踢……

“蒋百万，你他妈别再踢它好不好?”老婆看不下去，厉声嚷道：“它玩玩怎么了？就兴你胡来呀？你再这么欺负它，小心它哪天一口咬死你!”

这个《满城春风》有意思！现如今，任何一个成年人，只要你走进了城市，你就可能感受到这一股扑面而来的“春风”。

写得好，很现实，很生活，很讽刺！

——易有发（农民）

去　祸

兰子家有只芦花公鸡，不知怎么忽然就死了。

兰子疑心这鸡有毒，却又舍不得丢掉，就把它洗净、做熟，先分出一半端给隔壁婆婆吃。兰子想，如果婆婆吃后没啥反应，下顿自己就可以吃了。

婆婆接过兰子送去的那碗鸡肉，眉开眼笑，还说这只芦花公鸡她见过，是今年年初新孵出的，大补呀！说话间用筷子夹起了一块，津津有味地吃了起来……

整整一下午，都不见隔壁有什么异常动静。

晚饭时，兰子见婆婆依旧安然无事，便放心将中午留下的鸡肉端上桌，风卷残云般吃了个精光。不料吃下没多久，兰子就觉得肚子里又疼又胀的很不对劲。待她急慌慌赶到一里开外的乡卫生院时，肚子里已是刀绞一般，疼得她满身冒汗连话都说不出来。

经医生诊断，兰子属食物中毒。于是立刻洗胃、灌肠、输液，把她给救了过来。

脱险后的兰子就又急慌慌往回赶。虽然晚饭前见到过婆婆，但此刻她仍对婆婆的安危放心不下。兰子想，若是婆婆有个三长两短，她那在外打工的老公，还有那几个大姑子小叔子，只怕会赶来把她的皮给扒了！

火急火燎推开隔壁的门，发现婆婆正坐在沙发上乐呵呵地看电视。问起中午送给她的那碗鸡肉，婆婆说当餐就吃光了。兰子听了满脑子糊涂，按说婆婆一把岁数了，体质远不如自己，她怎么就不会中毒呢？

婆婆却完全不知道兰子的心思，一边看电视一边说："兰子，你那碗鸡味道真是不错，我中午尝过后端到了屋后你两个叔子家，让他们两家人

也享享口福，俗话说得好：福分福添，祸分祸去……”

兰子一时间愣在了那里。

很精彩的故事，通过一只死去了的芦花鸡，表现出了两个活人截然不同的处世思想和品性。

——小果（个体户）

第三辑

神马与浮云之间的风味

嗅 觉

师傅的魅力

胡 说

习 惯

梦 逝

智 殇

关羽访谈录

城市表情

……

嗅　觉

此次外出学习，唯一令我不能满意的是室友老陈。

准确地说，令我不满的是老陈那双臭脚。

老陈的脚那个臭哟，真是没法形容！

偏偏我们下榻的这个宾馆比较讲究，一进屋就得换上备好的拖鞋，这使得老陈的脚能够更加快速有效地散发臭气。

偏偏老陈为人不错，对我也很客气，致使我几次想找服务员换房间都觉得抹不下面子。

许是考虑到自己脚臭影响了我，老陈平时总是尽量少到房间里来；早晨洗漱完毕便离开，晚上睡觉，也常常是一进屋就往被窝里钻。

即使如此，我仍然深为老陈的脚臭所害。跟他睡一屋，我最怕半夜醒来，呆在那臭气呛鼻的屋子里，想再入眠真比登天还难！

唉，只怨自己倒霉，学习班里近百号男人，就我运气差被安排跟他住一个房间！

今天晚上更糟糕，不知何时，空调机的换气系统出了故障。迷迷糊糊醒来，就觉得满屋都是老陈的脚臭味。辗转反侧时，发现老陈也醒了，悄悄开灯、起床，打开了窗户。我猜测他是担心自己脚臭影响了我睡眠，想开窗换气，但他挨窗睡，那样夜风吹进来他也容易着凉呀！于是起床把窗关了。回来刚一躺下，老陈又去开窗，我见了连忙制止他：

“老陈，不用开，没关系的。”

“还是换换气好。”老陈一脸的尴尬，“你……你有狐臭……”

师傅的魅力

小区门前有两个摊子，左边一个小吃摊，右边一个自行车修理摊。

那修车摊的摊主姓李，四十来岁，瘸腿，人称铁拐李。

这天，几个业主在小吃摊前边吃边聊，无意中聊到对面修车摊那铁拐李，都说这人不怎么样，莫看他走路一瘸一拐的，心里头还真有些花花肠子：在他那里补个车胎，别人都收两块，就六楼张丽收一块，妈的，还不是因为她漂亮！

说话间就见张丽又推着自行车去请他补胎。张丽像是从超市来，车上装满了东西。铁拐李很殷勤地帮她把东西卸下，随即翻转自行车拆胎、补胎……

很快就把车子修好了。估摸着马上要收钱，大家便邀伴一齐走过去看个究竟。果然，这回铁拐李又只收张丽一块钱！

大家对此很是不满，待张丽一走开，便你一言我一语指责铁拐李做事不公道，说同样补一个车胎，收我们两块收张丽就只要一块……铁拐李涨红着脸憋了好一阵，支吾着说：你……你们叫我什么？她叫我什么？”

大家一时如坠五里雾中：他不就是铁拐李吗，还能叫他什么？许是刚才没放稳妥，张丽骑上车没走多远，车上的东西就又滑落了下来。

“哎，李师傅，请你过来帮个忙，把东西放到车上去！”张丽朝这边喊。

“好勒！”铁拐李立刻一瘸一拐地赶了过去。

《师傅的魅力》以不温不火的语言和叙事节奏，向读者讲述了一个有关人的尊严的故事……

——陈宏宇（诗人）

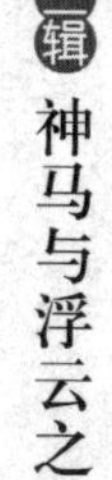

习 惯

老朱爱理光头，一年四季光着个脑袋，人称朱光头。朱光头有个毛病，一碰到漂亮女人就管不住自己的嘴巴，不论人家愿不愿听，他都要讲些荤腥故事出来打趣。

这天，朱光头到理发店剃头，正好遇上了一个年轻漂亮的女理发员，于是又涎着脸跟她扯起了两性之间那点事，什么尼姑偷情啊，光棍嫖娼啊，说个没完。见女理发员一直不吱声，朱光头也觉得有些不妥，时不时停下来问她说，我讲这些你不会不高兴吧，唉，我也知道这样不好，就他妈的成了习惯，老改不了。说罢继续往下讲他的“故事”。讲到一个傻子进洞房的趣事时，那女理发员忽然开腔打断他的话，说是要讲个故事给他听。朱光头见对方有了响应，立刻兴奋起来，一叠声说“行行行”。理发员说：“我要讲的是店里一个学徒工的事。这人学剃光头时，用的是一个干葫芦，有时剃“头”剃累了，她便把剃头刀随手扎在那光溜溜的葫芦上，不想久而久之成了习惯，后来学徒期满给人剃头时，也把手底下的脑袋当干葫芦扎，有好几回，她都因为听顾客说话听迷了，结果一时犯浑把剃头刀扎在人家脑袋上。朱光头闻言心里一紧，连忙压低声音问对方那理发员是谁，心想下一回可得当心点，别摊上她给剃头。女理发员听了直叹气说，还能是谁，是我自己呗，唉，为这事我都不知道赔过人家多少钱医药费了，随即催朱光头：“哎，你刚才那故事讲到哪了，接着往下讲啊！”

“不，不，”朱光头抖着嘴巴皮说，“我那故事还是不讲为好，免得影响你工作……”

坏习惯多半是被人惯出来的，就像《习惯》里的老朱。沾上了恶习而

不思悔改，这又往往是自己惯自己了。不过老朱这习惯也未必像他自己声称的那么难改，君不见小说里那漂亮的女理发员，不就轻而易举地将他那坏习惯扳回过一次了吗？

——小果（个体户）

梦　逝

徒弟近来老是心神不定，这天终于忍不住问师傅："师傅，我想跟您讨个主意，如果一个男人长久地梦见一个女人，而今他又有机会把梦里那些事演绎成现实，你说他该不该跟她见面去?"

师傅说："那要看他梦里都跟那女人做了些啥。"

徒弟说："上小学五年级时，他梦见他俩手拉手爬山玩；念初三时，他梦见自己和她接吻；读高二时，他梦见自己和她'那个'。"

师傅问："后来呢?"

徒弟说："后来他和她各自结婚成家了，但他还是经常梦见她。"

师傅蹙着眉头想了一阵才开腔，但他没回徒弟的话，只说："打小到大，我也经常做梦，少年时我梦见自己有一辆专用的自行车，青年时我梦见自己骑上了摩托，再后我又老梦见自己开着私家车外出旅游。"

徒弟说："师傅，你的这些梦后来都变成现实了呀。"

是的。师傅叹气道： "可是，梦想成真之后，我就再也梦不着它们了。"

……

导读

《梦逝》以简练的语言，叙述了一个意蕴丰厚、富含哲理的故事。想来也是，人世间有些"梦"，你在得到它的同时，常常也就失去了它……

——文学评论家：跃晴

智　殇

茫茫洪水中，逃生的人们被分散在大大小小的“孤岛”上。

跟他呆在一个“岛”上的，是个年龄与他相仿的外村人。

他很快就发现这家伙是个傻子。

接着他还发现傻子身上有个彩屏手机。

这款手机他在城里手机商店见过，要三千多块钱一部，很高档的。

于是打起了那手机的主意。

他先是拿打火机、然后拿香烟、再后拿门板跟傻子换手机，一概遭到拒绝。无奈中他忽然心生一计，说傻子是他走散多年的双胞胎兄弟，一边松开皮带露出肚脐给对方看。

他说：“我知道，你这地方也有一个眼。”

傻子半信半疑松裤一看，自己还真有这么个眼。

趁着傻子发愣，他又拎着裤子凑近去：“你仔细看看，我们俩这眼是不是一般大小、长在同一个地方？”

傻子低着头看看他的肚脐眼又看看自己的肚脐眼，忽然眼圈一红叫了他一声“兄弟”。他见状立刻趁热打铁也回一声“兄弟”，随即抱着傻子“哭”了起来。

接下来，他便很顺利地用他家那块半新不旧的门板换到了傻子的手机。

“成交”后不多久，新一拨洪峰淹没了这个“孤岛”。

滔滔洪水里，他几经挣扎终于精疲力竭，沉入水中的那一瞬间，他看见傻子正趴在他家那门板上往大河的下游漂去……

导读

有道是：恶有恶报，善有善报。一个人如果精明过了头，以此作恶或是欺诈，终究会有报应的。在我看来，《智殇》讲述的就是这么个故事。正所谓：聪明反被聪明误。

——徐有福（在读大学生）

关羽访谈录

主持人：关将军，您好！您是妇孺皆知的历史名人，今天请您来到我们栏目，主要是想向您了解一下，当初曹操故意使坏，让您与两位嫂嫂共处一室，您是如何把持住自己，从而保住一世英名的。

关羽：说实在话，这完全是世人的误解，我再高尚，也没这个定力。俗话说，英雄难过美人关，何况是甘、糜夫人那样的绝世美人呢！

主持人：那真实情况是怎样的呢？

关羽：是这样。由于常年征战，加上新降曹操，精神紧张，那段时间我患有严重的阳痿，考虑到自己难行房事，我便顺水推舟秉烛为她俩守门，赚个好名声。

主持人：冒昧问一下，您当时心情如何？

关羽：哪还能好？别看我那段日子过五关斩六将的挺风光，其实每天一回帐篷就躲在屋里哭，那个痛苦呀，想死的心都有！

主持人：那怎么办啊？

关羽：还能怎么办，吃药治疗呗！不瞒你说，为了治这病，我访名医，服百药，药罐子都熬烂二十多只，最后还是临而不举或是举而不坚。多亏我弟弟张飞根据祖传秘方，研究出绝世壮阳药“猛张飞”送我服用，使我逐渐恢复元气，重振了男人雄风！

主持人：哟，“猛张飞”这么灵验，想来要服用很长时间吧？

关羽：不用，三剂见效，七剂显效，二十剂就彻底根治了！

主持人：如今在您们家，一定是你好她也好啰？

关羽：可不是！有人说，做女人，挺好！我要说，做男人，挺更好！

主持人：嗯，这话有道理。眼下节目快结束了，您有什么话要跟你的

“粉丝”们说？

关羽：很简单，就一句：今年过节不收礼，要收就收“猛张飞”！

“请”古人出场，说当今世事。故事幽默，语言风趣。呵呵，好玩！

——徐有福（在读大学生）

城市表情

老顺趁农闲去城里儿子家小住几日，进门前就近买了些东西送给孙子。

晚饭后一家三代去近旁公园散步，迎面碰到小区大门右侧水果店的老板。记得上午来时，老顺去这中年男人店里买了两斤草莓。这人满脸堆笑，说话也客气，进门“欢迎”，出门“慢走”。这时两人目光一碰，老顺连忙送上笑意，不料对方视而不见，麻木着脸从他身边走了过去。

没多久，又碰到大门左侧糖果店的店主。上午去她店里买“大白兔”时，这姑娘的嘴巴就跟抹了蜜似的甜，大伯长大伯短的叫得老顺心里很是舒坦。老顺这时便向她颔首致意，没想到这姑娘也不睬他，表情冷漠地打他身边走过。

又不久，小区对面那玩具店的老板走了过来。这是个白胖少妇。上午老顺在她那儿买了三个气球。当时她对老顺也很热情。鉴于上两次的教训，老顺便没跟她点头致意。但对方却主动跟老顺搭上了话。原来她认识儿子、儿媳，寒暄中得知老顺的身份，她便向老顺问好；并问他是不是头一回来，说以前没见过他。老顺说我们见过面，上午我还在你手上买过气球呢。不想人家竟忘了这事，直至老顺提醒说他买的是三个红色气球，才猛然回过神来，“呵呵”笑着说：

“哦，想起来了，想起来了！”

儿子、儿媳见状满脸狐疑，待白胖少妇走开，便问老顺那些气球多少钱一个。

老顺说两块。

儿子、儿媳听了很是不爽。

儿子说："这娘们真他妈狠，五毛钱一个的气球卖两块！"

儿媳说："我说她记性怎么这样好呢！"

城市表情很丰富，表现得最多的就是一个"利"字；具体到这篇小说，城市表情就醒目在老顺儿子家那小区近旁的店老板们脸上。唉，如今这世界，有钱走遍天下，没钱寸步难行！

——小果（个体户）

教 诲

中巴车半途熄火。

面对司机再三请求，满车乘客无动于衷，仅一少年下去帮助推车。

所幸此处恰好是在一道长坡的顶部，几经努力，少年竟将车推动了。

中巴车顺坡滑下，至坡底终于重新发动。

司机刹住车等候推车少年时，少年邻座那一直酣睡着的中年男人忽然醒来，随即手捂腹部呼痛不已，一边连声哀求司机“救命”。

为抢时间，司机只得抛下少年，立即开车赶往前方医院。

车到医院时，那中年男人却不下车，且表情怡然。

司机见状很是恼怒，众乘客也都表示不满，指责他刚才装病，害得那少年坐不上车。

中年男人情急中脱口解释道：“我害他做什么？他是我儿子呢！”接着又自言自语嘟哝：“就得给他个教训，像他这样子，今后还怎么在这社会上混啊！”

这小说事关教育。文中那中年男人为了教育儿子，便于他今后在社会上混，可谓处心积虑。让人忧心的是，假如大家都跟他这样，我们这个社会怎么办？我们这个民族前途何在？为人父母者，如此教育儿子，怎一个“悲”字了得！

小说《教诲》截取生活中一个不起眼的小片段，写出了道德的滑坡和日下的世风。

——陈宏宇（诗人）

别告诉人家你哪个脚趾头破了皮

老叶走路一瘸一瘸的有点异常，引得一些熟人向他打听事情缘由，老叶便直言告知：新买的皮鞋不大合脚，把右脚大脚趾外侧的皮给蹭破了。

说者无心，听者有意。隔壁老朱平日里因为这样那样的事对他心存芥蒂，当天上午一同外出上班时，老朱便借机“无意”中一脚踩在老叶右脚的大脚趾上，疼得他呲牙裂嘴的半天没能缓过气来。

活该老叶倒霉，到单位不久，他那受伤了的脚趾头又遭了一回罪。这次踩他的是本科室女同事小金。小金体重比老朱轻，但她穿的是尖底高跟皮鞋，一脚跺下来，“威力”远比老朱强。老叶和小金以往有些过节，只是碍于面子没有挑明。这时老叶猜出小金是故意踩他的，无奈人家一脸的“茫然”和歉意，老叶也不便责怪她，只好于难忍的疼痛中感受着对方心底的快乐。

次日晚上，大学同学毕业二十年聚会，老叶刚一走进聚会所在宾馆，就有老同学迎上前来关注他那表现异常的脚。没料想才把事情起因说完，就又被人“无意”踩了一脚。是同桌李冲锋，当年他俩一同追求过班花赵丽，虽然都没成功，但从此心里有了隔阂。二十年不见，这家伙如今变成了一个大胖子。老叶觉得，刚刚被踩踏的那一瞬间，他那右脚的大脚趾几乎承受了李冲锋的全部体重，疼得他一屁股坐在地下，双手捧着右脚直想哭出来……

接下来聚会时有个节目：到会者每人介绍一条生活经验。大家发言时往往要斟酌着说下去，唯有老叶的发言既简单又利索。老叶说：“如果你哪个脚趾头破了皮，千万不要说出来！”

导读

人生在世，需要有一定的自我保护意识，不可随意暴露自己的软肋，否则容易受到小人的算计和敌人的攻击。《别告诉人家你哪个脚趾头破了皮》说的就是这么个理。

——小果（个体户）

头羊之死

那个羊圈里的羊，数它最为健壮、聪明，于是它顺理成章地成了头羊。

作为头羊，它在羊群中有着至高无上的地位。令它苦恼和无奈的是，主人常常与它意见不一，并且这时候主人根本就不跟它商量，而是直接用牧羊鞭跟它“说话”。比如去年夏天，主人为了与异性约会，老将羊群往村东山沟里赶，头羊想到时值炎夏，而那地方又没水源，就“咩咩”叫着不肯朝那边走，主人见状二话不说扬起鞭子便往它身上抽，愣是逼它领着羊群一路逶迤着去了那里，结果弄得那段时间它和同伴们饱受干旱之苦。又比如今年年初，羊群中先后有两个同伴掉下悬崖毙命，原因就在于主人过于固执，常常用皮鞭驱使它，让它把大家带到村西那道路凶险的山坡上去。还比如昨天早晨，主人叫羊们去村前草甸子里吃草，头羊考虑到那儿前一天曾经有狼出没，便领着羊群往别处走，无奈主人任它一声又一声“咩咩”提醒就是不予理会，只一如既往用手里的皮鞭逼它就范，于是果然发生了悲剧：一头美丽而活泼的年轻母羊被狼谋杀了。

可悲的是，主人对此竟一无所知，今天早晨，他竟再次把羊赶往那儿。头羊自然是“咩咩”叫着不肯动腿。主人这时就照原用皮鞭封它的嘴。头羊站在那儿“咩”一声，他便“呼”地抽它一鞭；再“咩”一声，再抽一鞭；还“咩”，还抽……

应该说主人下手比较重，但却远不致毙命。然而，头羊挨到第五鞭时，忽然就倒地死了。

谁都不知道它是怎么死的，只有头羊自己心里明白，它是被心里的一句话给憋死的！

导读

一头健壮、聪明的羊就这样死了，这是羊的悲哀，更是羊那暴戾、狂妄的主人的悲哀。这故事说的是羊，写的是人与人类社会……

——文学评论家：跃晴

婚姻视觉

铁鼓和石鼓进城办一件需要托人才能办成的事。

哥俩一如既往来到了在城里一个有关部门当头头的堂叔家。

两人在堂叔家没坐多久，铁鼓就起身告辞随即叫石鼓出来了。

石鼓很迷惑："哥，事没说、礼金也还没送啊?!"

铁鼓说："说了恐怕也是白说；礼金就更送不得，送出去打了水漂怎么办?"

铁鼓又说："不管啥子原因，堂叔肯定是不在位了。"

铁鼓还说："他不在位，就不一定帮得上忙，帮不上忙我们还送礼给他，这不是白送?"

铁鼓说这些时，石鼓一直愣愣的回不过神来，正欲问个明白，忽然走过来一个熟人，闲聊中得知堂叔真的不在位了——前不久他刚刚退居二线成了有名无实的调研员。

石鼓越加迷惑，待熟人走开，忙问："哥，你怎么晓得堂叔不在位的?"

铁鼓说："你想想看，刚才去他们家，是不是一直是堂婶陪着我们说话、堂叔在那里拖地洗碗抹桌子地忙家务?"见石鼓依旧愣着，铁鼓又说："你怎么这样不开窍呢，以往去他们家，你什么时候见堂叔做过家务来着?"

《婚姻视角》通过侧面描写，辛辣地讽刺了生活中的小人——"在城里一个有关部门当头头的堂叔"。叙事角度选得不错，"堂叔"虽然一直没出场，但他那副小人嘴脸读者却是看得清清楚楚明明白白。

——文学评论家：跃晴

掴不出去的耳光

“小宝，你这次期中考试数学分是多少?”上小学四年级的儿子背着书包刚一到家，我便拉住他没好气地问。

“78 分。”小宝用手揩了一把汗水兮兮的脏脸，很镇静地说。

“78 分?”我上午办事路过他们学校门口时，恰巧碰到他们班主任，她可是明明白白告诉我他期中考试成绩全班倒数第一——18 分！我强忍住满肚子气说：“拿成绩报告单给我看看。”

“看就看呗。”小宝满不在乎地从书包里掏出成绩报告单。

我接过一看，数学一栏果然写着 78 分，如不仔细辨析，还真发现不了那“7”字是由一横和一竖衔接成的。我霎时满腔怒火，厉声喝道：“再说一遍，数学分数是多少，撒谎老子揍你!”

小宝一愣，眼中跳腾出惊慌，脸上却浮起一层无辜，嗫嚅着说：“是……是 78 分嘛!”

学习成绩一塌糊涂，回家还哄骗老子！我呼地扬起手，正欲一掌掴他个金光灿烂，他倒双手护头先哭起来：“呜呜……上回学校劳动，组织我们去……去油茶林场摘一天茶籽，呜呜……吃过中午饭后你怎么也不让我再去，我说我完不成任务，你就，就……呜呜……”

“死脑筋！那是劳动，这是读书！今后考大学能考摘茶籽吗?”

“……呜呜……我不管这么多，反正你改的数字比我的大，……呜呜，那天我只摘 18 斤茶籽……呜呜……可你拿起林场的收条，硬在‘1’字头上接了个圈圈……呜呜……”

我一时无言以对，扬起的手在空中悬了许久，终于无力地耷拉了下来……

导读

呵呵，有道是：父母是孩子最好的老师；对于“我”这样的家长来说，若想教育好下一代，恐怕首先是要做好自己！

——文学评论家：跃晴

变　味

那时候我每到一个地方，都大受欢迎。受欢迎的原因，是因为我身上有股味道，闻起来很香。

没想到无形中得罪了人。这些人身上原本有点变味，有的已经明显臭了；由于我的到来，变味的便能闻到臭气，原来有些臭的就显得更臭了。

于是有一回，在一个隐蔽的地方，这些人当中的一个趁我没注意，将一只盛满大粪的盆子扣在我头上，接着他们便蜂拥而上，把这盆子使劲往下压。

刹那间，我整个人已是臭烘烘的。

更为可恼和无奈的是，他们事先对我的头型做了研究，这个屎盆子是他们专门为我制作的，它内大外小，扣上后任我怎么挣扎和努力都取不下来。

就这样，我很快就臭名远扬，每当一个地方，人们无不是避之不及。

我很是悲伤和绝望。那以后，我时不时的总喜欢冲到人跟前，抱着人家来回蹭，把身上的臭味弄到对方身上去。其中有当初往我头上扣屎盆子的人，也有素不相识的无辜者。

原以为这样身上的臭味会慢慢淡些，不料反倒更臭。

所幸后来遇到一个聪明的好心人，他强忍着呛鼻的臭味帮我取下了头上那个屎盆子。

令人欲哭无泪的是，取走屎盆子并且洗过无数个澡之后，我身上依旧是臭的。

我知道，这回我是真臭了！

《变味》以寓言式的手法，铺陈出了一个世俗生活中屡见不鲜却又很不正常的故事，其中可见无情的讽刺，也有辛酸的幽默……

——文学评论家：跃晴

眼　光

假日旅游归来，大家就近来到了姗姗家，将一路拍到的照片拷进了电脑里。然后聚在电脑前，点着鼠标逐张看照片。看到其中一张时，众人一齐叫好，说这张照片拍得蛮不错；唯有姗姗意见不同，说这照片难看死了，没拍好。正在忙家务的姗姗妈听了停下手头上的活凑过来看，也说这照片难看，没拍成功。一帮女孩子便“唧唧喳喳”叫起来，说挺漂亮的嘛这照片，哪儿不好啊！

“好什么呀，”姗姗妈指着照片上鲜花丛中那群鲜花般的年轻姑娘说，“你们看，照得跟个盲人似的……”

众人顺着姗姗妈的手指看去，原来她说的是姗姗。

照片中，所有人都是眉开眼笑的，只有姗姗的眼睛闭着。

《眼光》将生活中的一个瞬间定格，让读者看到了人们常有的一种有趣心态；由此放大开来，我们会忽然发现，平日里我们常说爱这个爱那个，其实归根到底，我们最爱的还是自己（或家人）。

——文学评论家：跃晴

阻　止

也不知楼上那家人遇上了什么开心事，整整半个上午，又是跳舞又是唱歌的吵个没完，搅得刚刚下大夜班归来的他迟迟不能入睡。无奈两家向来有隙，为避免再次发生纠纷他只得强忍着不去找他们。

妻子踏着那节奏强烈的迪斯科舞曲买菜回家来，见他依然心烦意乱地平躺在床上骨碌着双眼，不由得火冒三丈，找出家里那挂预备着过年燃放的鞭炮就望外冲。他猜测妻子出于报复必是上楼去对方门口放鞭炮，想阻拦却已来不及。须臾，鞭炮声忽在下面楼道口响起。他长吁了一口气，心里却又埋怨妻子太笨。待妻子开门回来，便责怪她办事缺脑子白白浪费了一挂鞭炮。妻子说不会浪费，我保证他们今天上午不会再吵了。

这以后楼上果然“风平浪静”。

遂问缘由。

妻子说你刚才一直躺在床上没起来吧？

他点点头。

妻子说刚刚鞭炮响过后蛮多人从窗户里探出头来看热闹，其中包括楼上的；有人问他们家有什么喜事，她说买福利彩票中了十万块钱奖。

我们生活着的这个世界里，总有那么一些人，他们的快乐往往源自他人的郁闷和痛苦；或者反过来说，他们的痛苦来自别人的快乐……

——文学评论家：跃晴

城市印象

听说隔壁得才全家昨天乘车去城里玩了一天，寡居在家且腿脚不便的二奶奶羡慕得不行，于是早早坐在了门口，碰上得才家有谁出屋，就逮着人家搭上一、两句话。

——“得才家的，这么早就起床做饭了？”

“嗯。”

“昨天去城里玩，都有些啥好看的呀？”

“好看的东西多呢，特别是女人用的东西，穿的，戴的，脸上搽的，脖子上挂的，真是五花八门，什么都有……”

——“得才，去挑水呀？”

“嗯。”

“昨天去城里玩，都有些啥好看的呀？”

“人，房子！这些年城里变化可大了，到处都是按摩房，屋里的灯光红红的，那些女孩子一个个袒胸露背，脸皮也真够厚，大白天站在门口拉客，听说进去一次要两百，贵的能要到五百……”

——“毛毛，上学去呀？”

“嗯。”

“毛毛，昨天去城里玩，都有些啥好看的呀？”

“二奶奶，城里网吧多啊，走几步一个，再走几步又一个，哪像咱们村，就望财叔家那个网吧，没几台机子，还老掉线……”

——“他三奶奶，吃过了？”

“嗯。”

“昨天跟得才他们去城里，都有些啥好看的呀？”

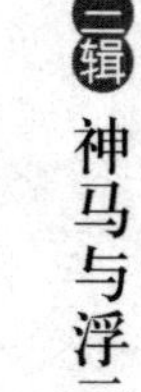

“别的也没觉出来，就觉得城里老头特别多。唉，人家城里那些老头活得可真滋润，穿西装，打领带，那派头就跟年轻人似的，哪像老二老三兄弟俩，到死都是穿着一件几十年不变样的旧衣裳……”

常听人说，一百个人眼里有一百个哈姆雷特。同理，对于同一座城市里来说，人们的印象也不尽相同。《城市印象》通过几段有趣的对话，反映出了这样一种特有的生活现象。

——陈宏宇（诗人）

病

老昆因病就医。

挂完号坐在门诊大厅等待看病时，有人悄悄给他出主意，叫他赶紧给那负责叫号的护士“意思意思”。老昆说，不是按顺序叫号吗，还“意思”什么呀？对方冷笑一声道，那你就坐在这里消停等人家叫号吧，只怕猴年马月都轮不到你！老昆听了就留意观察，结果发现那护士果然时不时的把后挂号的病人率先领进诊疗室，于是起身找那叫号的护士“意思”去……

经诊断，老昆这病需要住院开刀。入院不久，同室病友告诉老昆，说眼下本病区跟他一样等待手术的患者有很多，要想早做手术，就得给那排手术的医生送红包。老昆盘算着送了礼可以早做手术早出院，反倒开销小，于是立刻准备红包给那排手术的医生送去……

手术前，又有人指点老昆，叫他尽快给主刀的张医生送红包。有了先前两次“成功经验”，老昆这次也没多想，马上根据打听来的地址前往张医生家“意思”去，不料对方拒不接受，说做手术是他的本职工作，无需另给报酬，说话间毫不客气地把老昆推出了门。

手术那天早晨，老昆悄悄将体温计伸到热水瓶口加温，结果那天他如愿“发烧”而未能上手术台……

过了几日，老昆再次轮上了手术。这次，老昆很顺利地送出了红包并且做完了手术。

没想到手术不是很成功。医生们说老昆可能还得上一次手术台。

医生们不在的时候，有护士好几次在老昆面前嘀咕：可惜上次安排张医生为你手术，正碰上你“发烧”，做你这样的手术，张医生可是顶尖高手，还从没失败过……

老昆听了躺在病床上差些哭起来，心里说："张医生不收红包，我哪敢让他给做手术哟!"

《病》写出了某些病态生活现象及其扭曲的心理对于人的影响。影响有多大呢？请看文中老昆的遭遇……

——文学评论家：跃晴

成　绩

大年三十晚上，全家人围成一桌吃团年饭，席间兄妹几个谈起了各自一年来的成绩。

在中学带毕业班的老大说，他班上今年高考录取率百分之八十，其中一半人上了国家重点，在本校九个毕业班中位列第一。

在街上开服装店的老二说，她今年改变经营方式搞起了名牌西服专卖，结果生意爆火，每日顾客盈门，年终盘点，利润为前三年之和。

在杂志社做编辑的老三说，他业余时间搞文学创作，今年共发表作品数十篇，其中有两篇散文、一部中篇小说获省级征文奖，得到了广泛好评……

老三说话时，一直没发言的父亲忽然插话道：你们不知道吧，老四农学院毕业分到下面乡里，上个月刚刚提了乡长助理。听楼上那在市委组织部工作的钟处长说，乡长助理相当于副科级。你们呢？你们都是什么级？

古往今来，中国从来就是一个官本位社会。封建帝王统治时，书生们十年寒窗，为的是考取功名，加官进爵；现如今报考公务员，成千上万的青年学子拥挤独木桥，心里头那份盼望与古人相距不远。为何？因为人们看一个人成功与否，通常是以他的官职高低来考量。从《成绩》里父亲最后说的那番话，可见官本位思想在民间的影响有多大。

——文学评论家：跃晴

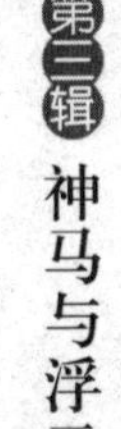

我可什么都没做

两声炸雷过后，硕大的雨点渐渐密集起来。

正逛街的张三连忙跑进了街旁屋檐下。

这里有个露天书摊，摊主是个中年妇女。此刻，中年妇女正手忙脚乱地将书往屋檐下转移。

张三觉得好玩，于是掏烟点火，然后眯缝着眼睛一边叭烟一边饶有兴趣地看热闹：看豆大的雨点“噼里啪啦”砸在书上，看中年妇女搬书时急慌慌的狼狈相。

摊子上的书终于全部转运到了屋檐下，不少书的书面已被雨水洇湿了。中年妇女歇下来清点损失时，忽一眼看到正在一旁悠闲地叭着烟的张三，便垂下脸很不高兴地瞪着他。

张三很有些委屈，于是摊开双手一脸无辜地说她：“哎，哎，你这是什么意思嘛，我可什么都没做啊……”

话音刚落，就听到头顶“哗啦”一响，随即张三便店门口那用三角铁制成的店招砸倒在地下。

倒在地下的张三发现自己的双腿正被坚硬而冰凉的三角铁死死地压着，令他剧痛不已、动弹不得，于是抬脸期盼地望着中年妇女。

“看什么看”，中年妇女冷着脸没好气地说：“我可什么都没做！……”

法律上有一条罪，叫不作为犯罪，指的是行为人负有实施某种积极行为的特定的法律义务，并且能够实行而不实行的行为。在小说《我可什么也没做》中，张三的不作为虽然谈不上追究法律责任，但道德谴责是逃不脱的。

可悲的是，生活中很有一些张三这样的人。中年妇女后来报复张三不予施救，对张三来说是咎由自取，但她这样做也不对，“己所不欲，勿以施人”嘛！

——文学评论家：跃晴

满怀感激

为配合本城“精神文明宣传月”活动，电视台开设了一个名为“赞文明、颂新风”的栏目。

可惜市民素质普遍不高，生活中的光明面往往不愿提及，挑起刺来却是一套又一套，什么盗贼太多啊，交通混乱啊，小广告肆虐啊……弄得栏目组一干人扛着摄像机走街串巷忙乎了一整天，还是没能把需要的画面和语音剪辑凑齐来。

眼看华灯初上，“赞文明、颂新风”栏目的首期节目一个小时后就得播出，大家都很着急。

四下里撒目寻找采访对象时，组长一眼相中了迎面走来的一个老头。那老头虽其貌不扬却精神焕发，沟壑纵横的脸上满是惬意。凭专业直觉组长猜出这老头必是个朴素、直率人，此时此刻采访他正是时候。于是一把抢过女采播员手里的话筒，三步并两步迎过去：“大爷你好，我们是电视台‘赞文明、颂新风’栏目组的，可以采访一下你吗?”

老头愣了愣，随即镇静下来：“可以呀。”

“请问大爷，你对现在的生活满意吗?”

“满意！太满意了!”

“怎么个满意呢，大爷能不能说得具体点?”

“不说别人，就说我自己吧!”老头一脸快活地说，“年轻时我因为长得丑，总也找不到老婆，那时就是想摸个女人的衣角都难啊。哪比得现在，到处是按摩店，只要肯花点钱，随时就能抱个大姑娘睡觉，这在原先真是做梦也不敢想的好事啊！……”

导读

《满怀感激》构思巧妙，角度新颖，饱含讽刺与批判；细节设计也很见功夫，从电视台所设“赞文明，颂新风”栏目到满街都是按摩店的强烈对比，即可见一斑。文中老头那一番不无快慰的表白，听来让人啼笑皆非！

——文学评论家：跃晴

遥远的早晨

明媚的早晨，公园一角。

柔软的春风中，清新的空气里，燕子正踩着悦耳的音乐翩翩起舞。

燕子的优美舞姿，很快将不远处一个中年妇女吸引了过来。

中年妇女笑眯眯地站在旁边看了一阵，禁不住击掌叫好。

接下来中年妇女便向燕子“拜师”，说是要请燕子教她刚刚跳过的这个舞蹈。

燕子自然是满口答应。

说句实在话，这中年妇女跳舞真不怎么样，但燕子却很喜欢她，为她的直率和认真，也为她的随和与开朗。比如刚开始有个凝神远眺的造型，中年妇女因为做不好，一急之下竟自己掌脸：“笨，笨，真笨!”再比如中间有个舒展双臂的动作，燕子考虑到她身着西服，双臂上伸会袒露肚子，就改为侧伸，但她却坚决要求按原来的编排做，任由肥嘟嘟的肚皮露出来。还比如最后结束时，必须就地连转两圈，中年妇女一不留神跌坐在地下，可她并不爬起来，干脆仰面八叉躺下来喘气，一边哈哈大乐：“哎呀呀，晕死我了!”……

晨练过后，两人一同说笑着走出公园时，忽有一对年轻男女恭恭敬敬地迎上前来叫“张总”。

中年妇女这时立刻敛了笑，头一低钻进路旁那辆黑黝黝的“大奔”。

“哎，哎，明天还来吗?”燕子见状急忙追过去问。

“不一定。”中年妇女两眼目视前方，板着脸答。

燕子一时呆住了。呆愣中就见那“大奔”很快淹没在俗世的尘嚣中，再回首公园这边，刚刚过去的事就像发生在很久很久以前……

导读

《遥远的早晨》叙述的是一个颇些社会地位的“中年妇女”在晨练中以及晨练之后两种截然不同的表现。细细品味这故事，我们发觉尘嚣的俗世与那明媚而纯净的早晨真的是相距甚远……

——文学评论家：跃晴

满地书香

刘教授出身于书香门第。

出身于书香门第的刘教授外出考察，一个月后回来时，发现他那书架上的书全不见了。

刘教授不由得有些着急：那可都是些重要东西啊，其中有他花费毕生精力写就的学术著作，也有好些未及整理的科研成果，还有从他曾祖爷爷手上传下来的文学孤本……

其时，儿子吃罢晚饭正准备出门打麻将，刘教授见了便叫住他询问书的下落。儿子说这些天碰上拆迁，这新租来的房子地方小，所以把书架腾出来放了别的，至于那些书究竟搁哪去了，他也记不清。说话间正碰上“麻友”来电话催，儿子便一边接手机一边急匆匆冲出了屋。

于是四处找书。找一阵没找到，刘教授便向坐在门厅沙发上看电视连续剧的儿媳打听书的去处。正迷在剧情中的儿媳很有些不耐烦，说爸你急什么，不就是几本书啊，犯得上吗？说罢将刘教授晾在一边，转过目光继续看电视。

于是再找。找一阵没找到，刘教授又问正在电脑里玩游戏的孙子。孙子两眼紧盯电脑屏幕，问一遍不回话，再问一遍不回话，问第三遍时，孙子气呼呼扭过了脸，连说了三声“不知道”。

这时保姆正好到外边倒垃圾回来，得知刘教授找书，便告知那些书被她收拾进了楼底杂物间，堆放在那只废弃了的旧马桶旁边。

刘教授听罢急忙赶往楼下杂物间。开门、亮灯，那种久违了的书香味立刻扑面而来，同时映入眼帘的是四散的老鼠和满地的碎纸片……

导读

这是一个物质日渐丰富而人们的精神生活正在逐渐变形、萎缩的浮躁世界。《满地书香》是它的一个缩影。故事不长，但字里行间流溢着作者深深的失落和忧虑……

——文学评论家：跃晴

没事不要乱帮忙

精明人也难免出差错，比如眼下，胡同口开杂货店的陈老板蹬着平板车外出进货回来，就因为一时失误，连人带车翻倒在马路边那泥坑里。

正从一旁走过的我连忙“抗险救灾”：扶人；推车；帮着捡起散落在地下的烟、酒、水果、日用品……等到把这一切全忙完时，我也跟陈老板一样浑身脏兮兮的满是泥水。

陈老板自然是迭声道谢，接下来见我打算帮他蹬车，便再三拒绝。我说你就别客气了，你这左腿刚刚不是跌伤了吗，还是我来吧！说罢骑上座位蹬了起来。

一会儿到了店门口。陈老板这时也不言谢，只从衣兜里摸出两张十元的纸钞塞给我；见我挡着他的手不肯接，就又一瘸一拐地进店，随即一瘸一拐地赶出来。

我注意到，这次他手里多了一张十元的纸钞。

我还是不接。我说：“陈叔叔，我只是顺便帮帮忙的，给什么钱啊！”

陈老板很是诧异：“小伙子，你……你认识我？”

我说：“是呀，我和你女儿陈梅芳是高中同学呢。”

陈老板脸上忽然铺满了警觉，接着便询问我在哪工作、是否购置了住房以及我父母的经济状况，再后便返回店内拿了张五十元的钞票递给我。

这算什么事嘛！

我心里不免有些生气，推挡了好一阵，干脆转身一走了之。

本以为就这么逃开了，没料想陈老板的话语气冲冲追了上来：“好好的没你啥事，要你帮什么忙嘛？哼，癞蛤蟆想吃天鹅肉！……”

这话就像刀子一样扎在我背上，疼得我浑身一哆嗦！

导 读

难怪说“没事不要乱帮忙”，原来是这么一回事！陈老板以小人之心度君子之腹，在此狠狠地鄙视他一下！

——徐有福（在读大学生）

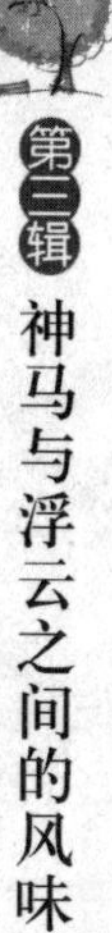

遥远的丰收

望发打小脑子不开窍，小学二年级连读了三年，愣是没能升到三年级去。有大人问他：“你嘴巴吃辣椒，是谁拉屎时屁眼辣呀？”望发挠着头皮想了好一阵都找不到答案。

就这么个主儿，这年试种了一亩市农科所新研究出来的高产西瓜品种“圆山 6 号”，竟收获一万两千多斤瓜！

表弟得才不服啊！记得年初去市农科所买瓜种，还是他邀望发一起去的呢，怎么到头来望发收成这么好，自己一亩地才摘不到八千斤西瓜呢？

得才估摸两边瓜地有不同，就骑着摩托去邻乡望发家地里看。让人疑惑的是，那地跟自己的一样，也是沙质土……

次年，表兄弟俩又都买来种子各栽了一亩“圆山 6 号”。

不料瓜熟时节，得才又少收了四千来斤！

得才满脑子糊涂，第三年种瓜时，便拉下面子时不时骑着摩托去望发那里学习，望发下种他下种，望发施肥他施肥，可等到摘完瓜一总账，两边地里的差距还是那么大！

于是去市农科所向专家咨询。专家说：“没别的原因，西瓜属异花传粉植物，你地头近旁肯定种有传统品种的西瓜，所以影响了产量。”得才说：“我表哥那地四周也有不少瓜地呀！”专家说：“他们种的一定都是‘圆山 6 号’。”

得才不信，立刻去电话问望发，结果还真是这么回事。望发说，他知道‘圆山 6 号’产量高，就分了一些种子给四周地里的人。

专家这时就在一旁建议学望发。得才心里很不情愿，说：“我不这么干行不？”

专家说："行是行，只是你永远也别想赶上他那收成……"

年轻时听过一首流行歌，歌手陈琳唱的，叫《熊猫咪咪》，其中有这么一句唱词："请让我来帮助你，就像帮助我自己……"帮助别人怎么会像帮助自己呢？小说《遥远的丰收》为我们作了形象的说明。不过乐于助人需要一些境界，不是每个人都能做得到的。比如文中的得才，他就不行；因而丰收自然就离他远了……

——文学评论家：跃晴

满天星星

有才来到村委会时，村长正在那里跟人喝酒。

有才说：“村长，我来说个事，村中间那歪脖子柳树上得赶紧安个灯。”

村长说：“那地方又不是没安过灯，安了砸砸了安，哪有这么多钱来买灯泡啊！”

有才说：“没灯不安全，昨天晚上我去思财家打麻将，在那里被两个男的当做女人扒裤子，发觉我是男人后，朝我裆下猛踢了一脚，疼得我只差没背过气去！”

大家听了笑了半日。笑罢村长说：“该！谁叫你黑灯瞎火的一个人出门，谁叫你大老爷们老爱穿花衣裳！”说罢继续喝酒，不再搭理有才。

过了些日子，乡里选治安模范村，派人下各村调查，调查到本村时，有才便把自己的遭遇讲给人家听，说本村没资格竞选治安模范村。

消息传出，村长便登门找有才：“有才，你家老三是超生的，对吧？”

有才说：“嗯。”

村长说：“超生一胎罚款五千到三万，对吧？”

有才说：“对，可我已经交过罚款了。”

村长说：“可你只交五千，谁也没说交过后，就不可以请乡计生委来追加你的罚款！”

村长接着问：“有才，你想批块宅基地对吧？”

有才说：“嗯。”

村长说：“批地建房首先得过村里这一关，村里让远就远让近就近，还可以不同意！”

村长说罢迈着鹅步走了。

村长走后，有才立刻去找乡里的人，说自己先前的话全是瞎编的，根本就没那么回事。

有才还说："都在一个村住着，若是有谁扒我裤子，我还能不知道他们是谁。"

乡里的人说："你不是说当时天黑看不清人吗？"

有才说："要不怎么说我先前是瞎说呢，那天其实是个大晴天，月亮白晃晃的，还有满天的星星……"

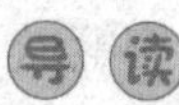

《满天星星》真棒，道地的小说语言，生动而精彩故事，看着就像走进了那个村子，见到了那些活灵活现的人！

——徐有福（在读大学生）

满纸游戏

时近年关，乡长依惯例去县里向有关方面汇报工作。

临行前核对本年度乡镇工作最为重要的两项指标时，乡长掏笔做了修改：工农业总产值由一亿零三万改为一亿零四十九万；农民人均收入由七千二百元改为七千二百四十六元。

乡办秘书今年新参加工作，又是乡长本家侄子，这时见他乱改资料，不由得叫起来："叔，这都是我根据各村上报的资料详细总出来的啊，怎能随便改呢?"

乡长"嗤"一声说："你以为他们报上来的资料真那么准啊?"

顿了一下，乡长又解释道："我这样写，是为了方便记忆——我今年四十九，你婶今年四十六。"

次日上县里，乡长特意带秘书去"长见识"。

一日下来，秘书满头雾水，待晚上在宾馆住下，便迫不及待向乡长讨教："叔，您昨天不是把工农业产值和农民人均收入'定'下来了吗，怎么今天跟县领导汇报时，又把这两项数据说大来呢?"

乡长说："这是我临时决定的，你没注意我们邻近几个乡上报的数据吗，咱可不能落人家后头!"

秘书说："那后来去乡扶贫办汇报时，你怎么又把数据说小那么多啊?"

乡长说："你傻呀，不把数据说小来，他们能给咱钱?"

秘书还是不解："那将来他们两边相互核对怎么办?"

乡长说："这不用担心，现在谁会去较这个劲啊!"随即"哗哗"抖着手上的汇报资料教导秘书："乡镇工作学问大着呢，这可比不得你小时候玩的泡泡堂游戏！……”

蚂蚁小说《满纸游戏》辛辣地讽刺了基层工作中的造假行为。乡长最后的那一番“经验之谈”看后实在是让人哭笑不得，他教训新参加工作的侄儿，说乡镇工作学问大，“比不得你小时候玩的泡泡堂游戏！”其实在他眼里，他手头上的工作更具游戏性，而且随处可用，岂止是电脑里的“泡泡堂”能比得了啊！

国家要发展，社会在进步，如此荒唐可笑的游戏可以休矣！

——文学评论家：跃晴

表　扬

四阳是市工业局的定点扶贫村。近五年来，局里每年都派一名干部下去，同时划过去两万元扶贫款。

前些日子，市里发通知，让各单位分别评选出一名优秀扶贫干部，报上去加以表彰。经研究，局领导决定将评选权交给最最了解扶贫干部表现的四阳村。

结果很令人意外：四阳村报来的是审计科的张春莲。据了解，已经派去扶贫的五个干部中，数张春莲在四阳呆的时间最短。她下乡扶贫一年，至少有半年留在城里。那段日子，局里的干部、群众经常看到她呆在家里打毛衣或着上街逛超市。

为此局长亲自来到了四阳村。

不巧村里几个主要干部都不在，就那个看上去有些憨头憨脑的民兵连长在办公室。

局长向他了解情况。民兵连长起初不肯开口，说村长叮嘱过他别乱说话，怕他嘴笨说不好。经再三督促，民兵连长才回话："小张同志很好，这几年工业局派人下来扶贫，数她效果最好。她和那些男干部不一样，很少到村里来，很少给我们添麻烦；她不抽烟，也不会喝酒，为村里节省了不少开支……"

国家公务员下乡扶贫本是好事，可惜让某些人办变了味，小说《表扬》反映的就是这样一桩事例。文中民兵连长最后那一席话，读来令人捧腹。如此"表扬"，可谓幽默讽刺之极！

——文学评论家：跃晴

坏事儿

受金融危机影响，春玲所在企业被迫裁员，一向工作踏实的春玲也被裁了下来。

所幸有个远房表舅刚刚在老家办了一个竹笋加工厂，春玲得以返乡就业。

上班伊始，春玲便发现厂销售部有两个熟人，她俩与春玲同村，年龄也不相上下，当初外出打工时，她们曾与春玲在同一个厂子做过事，后来嫌工作太累相继离厂在外租房做起了皮肉生意。春玲很为着急，她想表舅肯定是不了解情况，要不他怎么会把她俩招进厂，而且让她们干销售呢？

于是找到表舅反映情况。

表舅听了不以为然，说："知道了，你干活去吧。"

过了几天，春玲发现邻村有三个男青年在厂里做保安。这三个人也在春玲原先打工的那个城市呆过，但他们从没正经打过工，只靠在社会上打打杀杀弄钱，其中两个还进过监狱，这种给别人制造不安的人怎么能当保安呢？

于是又去找表舅反映情况，不料表舅的反应依然很冷淡："知道了，你干活去吧。"

春玲对表舅的态度倒是没大在意，她只是一门心思为表舅好，以免这些不三不四的人留在厂里坏事儿。谁知表舅一直留着他们，倒是在月底发完工资时把她给辞了。

春玲很是糊涂，就让娘去问个究竟。表舅对春玲娘说："春玲脑子颠颠倒倒的，我不敢把她留在厂里，怕她坏事儿……"

导读

“不是我不明白，这世界变化快！”在《坏事儿》春玲表舅那竹笋加工厂里，“性工作者”做起了销售，街头流氓当起了保安，而老实巴交的春玲却因为“多嘴”丢了工作，面对这样的现实，真不知道是笑还是哭！

——陈宏宇（诗人）

阴风四起

也不知是从何时起，人世与阴间忽然有了联系和沟通。

于是人间的行贿风迅速刮进了阴曹地府。人们争相与鬼交友，向鬼送礼，并很快将贿赂对象集中到了阎王，求他高抬贵手，给自己延年益寿。

这很令阎王为难，因为人的阳寿早有定数。无奈人们所托的多半是些有各种利害关系的鬼神，弄得阎王鬼情难却不得不一次次提笔增加送礼人的寿同时减去没送礼的人的寿；如果大家都送了，那就将送礼较少者的阳寿匀给送礼较多者。这样世间百姓很快就死了个光，幸存的权贵们的寿命也相继被比自己权势更大钱财更多者夺去。最后，阳间便只剩下那个最有权势最有钱财的人。

不料这个原本应该万寿无疆的人也很快死了。

气冲冲来到阎王殿向阎王报到，一见面这人就指责阎王不讲信义提前把自己召来。阎王忙不迭起座道歉，说："它这也是不得已，随着人世行贿风刮进阴间，这些年来阴曹地府怨声载道阴风四起动荡不安，特别是最近，冤鬼们呼朋唤友成群结队涌进殿来闹事，还抄出生死簿来硬逼他在他们的名字上打勾……"

这人怒道："那也不能他们叫打勾你就打勾啊，你身为阎王办事怎么不讲原则呢?"

阎王苦着脸说："这时候你叫我怎么讲原则呀，再讲原则只怕连阎王也当不成了！……"

《阴风四起》成功于丰富的想象力与对社会丑恶现象的猛烈批判精神

的结合，故事情节也非常有趣，你看，作者都把他的幽默用进了阴曹地府和阎王爷身上去了！

——陈宏宇（诗人）

蚊王之死

那片森林里住着很多蚊子，还住着一只大象。

蚊子们都非常恨象。皮厚、吸不到它的血倒是小事，主要是它常常无缘无故地将雌蚊们产下的卵踩进泥浆里，杀戮它们的后代；还有一回，大家正在一个水坑边闲聊，它忽然呼出一口气，结果有一百多同伴被吹进水里当场淹死，另有两百多同伴摔倒在坑边，昏迷了好几十分钟才苏醒过来。

这天象又来了。蚊子们见了纷纷躲闪。有只大蚊子这时冒险留在后面，说："你们别怕，看我怎么把它吹倒来！"说罢鼓足气朝象来的方向吹去，不料那象真的"轰"地倒了——原来它刚巧踩到了一个大泥坑。

为此，这只蚊子被同伴们推举为蚊王。

蚊王吹象的"壮举"迅速传开，森林里的蚊子们很快就都知道它们的大王功夫了得，能吹倒大象。

对此，蚊王起初倒是比较清醒，知道自己那天"吹倒大象"靠的是运气，但后来被同伴们捧久了，竟把这茬给忘了，以至于再次遭遇大象时，它真就无所畏惧地站在地上对着大象吹个没完，结果被大象踩了个粉身碎骨……

《蚊王之死》既寓言又现实，它写的是蚂蚁，说的是尘世间的人和事。

蚂蚁小说属新兴文体，其创作手法可以多种多样。作为一种新的尝试，本篇比较成功。

——文学评论家：跃晴

牛皮哄哄

睡眠不好，老做梦。昨晚又做了一个。梦见自己进了一家餐馆。进去后总不见服务员过来，便起身去里屋找，却发现他们正四肢着地趴在那里吹什么，一个个圆瞪双眼，腮帮子鼓得蛤蟆似的。我很好奇，便就近问其中一个男服务员他们在干什么。对方瘪下腮帮子告诉说他们在吹芝麻，说着从地下拈起一粒芝麻给我看。

我说："费这么大劲吹一粒芝麻，值吗？"

他说："值，我们能把它吹成西瓜。"

说话间我发现果然有人陆续把芝麻吹成了西瓜。

我问："然后呢？"

他说："然后再吹，把它们吹成猪。"

我问："吹成猪后呢？"

他说："再吹，吹成牛。"接着指着近旁一个白胖妇女道，我们这里数她吹功好，她能把芝麻一口气直接吹成牛！

我恍然大悟："难怪你们店里牛皮哄哄的，原来是这么回事！"

话音刚落，就听到"嘣、嘣"两声响，随即有人凶神恶煞地冲过来打我，怪我说话声音太大，震破了他们刚刚吹好的两头牛。我心里一急，便从梦里醒了过来。

人生如梦，梦如人生！《牛皮哄哄》貌似写梦，但我们看到的是一个荒诞、变形了的现实世界……

——文学评论家：跃晴

合理消费

市畜牧水产局苟副局长来到下属养猪场检查工作，场长、会计全程相陪。这天晚上，两人将苟副局长送到下榻的宾馆之后，见他正醉醺醺地躺在床上，便就当晚各消费项目该如何应对将来的财务检查讨论起来。

会计说：“别的都好办，照着原来的做法，饭桌上的开销写饲料费，歌厅里的支出填兽医诊疗费，就是刚才请小姐给他（苟副局长）服务的那笔花费不好做账。”

场长想了想，说：“那就开成交配费吧。”

不料这时苟副局长忽然从床上坐起来，大着舌头开了腔：“我……我觉得光……光是开成交配费不……不准确，也……也不合理……”

两人一时呆着不知如何回话。

“猪……猪有公、母，”苟副局长说，“交配的是……是公猪还是母猪呢，这……这个要写清楚。”

场长和会计依旧呆着。

苟副局长见状很不满意：“你……俩还不明白？你们猪场只……有从外边请……请了公猪来配种，才……才要花钱出去啊！”

“您是说填……填‘外请公猪配种费’？”场长试探着问。

苟副局长说：“填这么复杂倒……是没必要，写……成‘公猪交配费’就行了！”

人们常常把杂文比作打击世间那些坏人、恶人、“丑人”的投枪匕首，其实好的讽刺小说又何尝不是这样？《合理消费》当属此列。

——文学评论家：跃晴

不准小跑

单位里新调来一个局长，据说是“海龟”。许是在国外养成的习惯，新局长每每出席庆典或是上台讲话什么的，总爱跑上那么几步。

小高对此很是欣赏。自去年通过公务员考试进入单位至今，小高参加过不少庆典或会议。相对于老局长和其他局领导那种慢条斯理的步姿，小高觉得新局长在这种场合下的表现更显阳光和潇洒。

于是有一回局里开大会，小高因为一个偶然的因素被安排上台发言时，他便也学着新局长的样子一路小跑着走了上去……

发完言回到座位，四周好些人都扭过头来看小高，那目光很有些古怪。小高心里发毛，连忙低声问邻座的科长，说：“我刚才发言说错什么了吗?”科长木着脸好一阵才回话：“没说错什么。”随即又补了一句：“你小子好好的走上去不行吗，跑什么?”

接着正欲问个究竟，科长却转过脸不理他：“别再说话了，开会!”

小高很郁闷。他实在想不明白自己错在哪。晚上在家吃饭时，就此向在机关呆了几十年的父亲讨教，不料父亲竟也木着脸一时答不出话。小高等得心烦，便干脆直截了当问他以后碰到上台发言该怎么走过去。

“怎么走都行，”父亲终于开了腔，“就是不许小跑!”

职场潜规则，现行体制下的悲哀，耐人寻味!

——文学评论家：跃晴

西游记

唐僧一行四人外出取经，顺便到所去城市那著名的风景区西山游玩了一趟。

途中，忽遇两个彪形大汉拦路抢劫。

唐僧从没见过这阵势，一时间吓傻在那里。

孙悟空见状悄悄安慰道：唐局长你别紧张，看我的。说罢弯腰拣起地下一根干柴棒冲了上去。

两个劫匪原以为他们会乖乖就范，没料到这干干瘦瘦的孙悟空竟敢反抗而且身手还很敏捷，于是心里一虚连忙逃开。

孙悟空并不罢手，高举着柴棒一路追去。

唐僧转危为安，长长吁出一口气。

这时猪八戒在一旁告诫说：“唐局长，现在还不能放松警惕，如果那两个劫匪搞声东击西，这时候让他们的同伙来攻击我们怎么办？”

唐僧一听重又紧张起来。

恰逢沙和尚也从地下拣起一根木棍准备赶过去帮孙悟空的忙，猪八戒见了便连忙喝住他：“老沙，不能走，保护唐局要紧！”

接着猪八戒又埋怨道：“孙悟空也真是，那两个劫匪逃走了就是，非要去追，也不管唐局的安全……”

正说着，孙悟空被一伙游客簇拥着回来了，一边不无得意地跟人们讲述着他刚才追打劫匪的事。

猪八戒说：“你看看你看看，他这个人就爱出风头！”

唐僧板着脸，紧蹙着的眉头久久舒展不开来……

此次取经归来，孙悟空降职，猪八戒升迁，沙和尚保留原位。

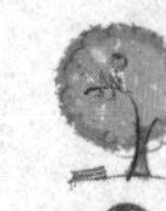

导读

哟呵，这样的《西游记》，现实生活中随时随刻都在落幕和开演，便宜了“猪八戒”，害苦了“孙悟空”……

唐僧啊唐僧，叫我们怎么说你才好?!

——文学评论家：跃晴

处　理

科长贪污，手段猖獗，数额惊人。

下属深为不满，且握有铁证，遂找局长举报。

局长接过举报材料，态度很是严肃，声言立刻调查，严加处理。

然一晃数月，不见声息。

科长受贿，情节恶劣，后果严重。

下属深为不满，且握有铁证，又找局长举报。

局长接过举报材料，态度很是严肃，声言立刻调查，严加处理。

然一晃数月，仍不见声息。

科长与局办女秘书有染，行为龌龊，影响败坏。

下属深为不满，且握有铁证，再找局长举报。

局长接过举报材料，态度很是严肃，声言立刻调查，严加处理。

当日，科长被撤职。

次日，科长被“双规”。

第三日，科长被移送司法机关查办。

科长的罪名是：贪污、受贿。

行文简洁，故事有趣。下属举报科长，最后虽然达到了目的，但其原因和这故事后边的故事却让人想来可笑又可气！

——晓红（工人）

打　倒

一场车祸过后，牛高马大的局长变成了痴呆。

成了痴呆的局长爱打人，且时不时转悠到局里来，逢人便打，一直把对方打倒在地下才肯罢休。

碰到张三，局长就打张三。

张三说："局长别打，我是张三呀！"

局长说："张三怎么啦？还不敢打你不是？"

碰到李四，局长就打李四。

李四说："局长别打，我是李四呀！"

局长说："李四怎么啦？还不敢打你不是？"

……

那天，身材瘦小的女下属王五不幸被局长逮住了，没想到两人刚一交手，局长就自动倒在了地下。

众人很为惊奇，待局长离开，便走过去问缘由。

王五避而不答。

好友赵六不依，缠着她非要说个究竟。王五看看四周无人，"扑哧"一笑道：我跟局长说，我是秘书科的胡小娜！

很多年前有一首歌，歌词是："东风吹，战鼓擂，现在世界上究竟谁怕谁？……"在蚂蚁小说《打倒》里，别人怕谁我们不清楚，但"牛高马大"的局长怕谁，读者可都看了个明明白白。

挺幽默的小说！

——文学评论家：跃晴

黄老板的狗

房地产商黄老板为了接一个工程，特意买来一批宠物狗送人。

那是一些哈巴狗，来自布达佩斯，毛色粉红，大小也都差不多，但价格却各不相同。据那特意请来为他选狗的专家介绍，宠物狗价格的高低主要取决于品种，这些狗乍看外貌相近，实际差异很大，它们的祖先有的来自南美，有的源自西欧…… 黄老板对此是外行，为避免搞混，他便赶紧叫人往那些狗的脖颈上吊牌子，上面依价格的不同分别写上每条狗的未来主人的称呼：张局长、李主任、钱经理、孙科长……

不料后来具体办事时，却在孙科长那个环节卡了壳。经多方打听得知，那天送礼去孙科长家时，因一时疏忽事先竟忘了把狗脖颈上的牌子取下来。于是立即四处活动，请人帮忙……

转眼到了周末，这天早晨，张局长、李主任等人一齐来到了孙科长常去的春城公园散步，顺便就黄老板接工程的事找他做做工作。

出门时都牵了狗出来遛。大家凑在一起说话时，别后重逢的狗们便很是兴奋地在一旁追逐、玩耍。

那时，黄老板正在远处悄悄地关注着这边，期间有熟人问他那些哈巴狗是谁的，黄老板随口便答：我的。

常言道：吃人家的嘴软，拿人家的手软。在蚂蚁小说《黄老板的狗》里，那些收受了黄老板宠物狗的人，一个个骨头全是软的，这些“软骨头”在黄老板眼里，同样是他豢养的狗，尽管他们看上去似乎很“珍贵”。

——文学评论家：跃晴

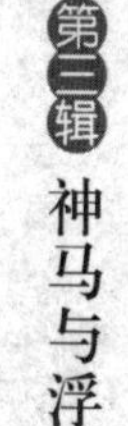

政治感觉

快过年了，村干部们特意来到城里，拜访方方面面，向他们“意思意思”。

一天来，走了这家去那家，村长总觉得有什么地方不对劲，晚上几个人坐在旅社里看电视时，村长忽然回过神来，狠狠踢会计一脚：“你他娘的明天注意点规矩，莫走到哪里都跟抢金元宝似的只顾勾着头往前冲！”

电视里正播本市新闻，眼下播出的是一个走贫访苦的节目，几个市领导正按照职位高低依次进入某困难户家中……

细节生动，标题精彩，村长给会计的那一脚踢得真好，谁叫他政治感觉迟钝，不拿村长当领导！

——文学评论家：跃晴

管

丁科长与本科同事在酒馆聚餐，不幸喝醉，认不清人，且大叫大嚷说胡话。

副科长老马见状便邀大家送他回家去，一边起身扶他：“丁科长，你早些回去休息吧！”

丁科长醉眼朦胧地看着老马：“你…… 你是谁呀？”

老马说：“我是科里的老马呀！”

“滚…… 滚蛋！”丁科长唬起脸将老马猛地推开，“你……你管我还……还是我管你呀?!”

接着大家先后去扶丁科长起来，丁科长一概不理。这时一直站在餐桌边看热闹的酒馆老板忽然走上前来，厉声喝道：“老丁，你喝多了，快回去吧！”

“你…… 你是谁呀？”

“我是局长！”

“啊，原……原来是局长啊！”丁科长霎时一脸恭顺，“好，我……我这就走……”

自古就有“官大一级压死人”一说，生活发展到如今，这话依然没过时。小说《管》十分生动地证实了这一点，读来妙趣横生。

——文学评论家：跃晴

满楼亲戚

那是一家名声响亮的单位，张三要办的事得经过这家单位里的三个科室审批。

张三来到第一个科室。那办事的看过他递上去的材料，立刻拿起办公桌上的电话，接通后就听到他叫了一声“姐夫”，随即压低声音嘀嘀咕咕的似乎是在跟那边说这事，最后搁下电话为张三把手续办了。

然后来到第二个科室。那办事的看过他的材料，也拿起了电话，接通后就听到他叫了一声“二叔”，随即压低声音嘀嘀咕咕的似乎是在跟那边说这事，最后搁下电话为张三把手续办了。

接着来到第三个科室。那办事的看过材料，同样打起了电话，接通后就听到他叫了一声“表哥”，随即压低声音嘀嘀咕咕的似乎是在跟那边说这事，最后搁下电话为张三手续办了。

办完事走出单位大楼时，张三不由得自言自语地发感慨，说这个机关的领导真他妈有意思，都快把单位办成他自家的了！话没说完，门卫室窗口忽然伸出一张皱巴巴的老脸随即又缩了回去，悄悄转回去一听，发觉对方正在跟人打电话：“大侄子呀，刚刚有人骂你……”

题目特好，一语道破时下某些机关的特殊“风景”，小说主人公虽然一直没出场，但通过他这满楼皆是的亲戚，我们对他却是未闻其声已见其人……

——文学评论家：跃晴

食　疗

老侯退休后，睡眠每况愈下，食欲也大不如先前，而且特爱发脾气。老伴很为他着急，便陪着他四处求医。

老伴先是陪老侯去了市医院。经全面检查，老侯除原有的痔疮外，并无别的疾病。医生思忖再三，认为老侯的病症起源于失眠，于是给他开了一个疗程的西药，用以改善睡眠。让人失望的是，这药吃了整整一个月，老侯依旧失眠、厌食、发脾气，见不到一丝疗效。

于是去市中医院。看的是专家门诊。望闻问切过后，医生认定老侯的病根在于食欲不振，于是开出一个疗程的中药调理肠胃。令人丧气的是，这药服用了七七四十九天，收效甚微。

再去市中西医结合医院。还是挂专家号。医生几经考虑，觉得老侯的各种临床表现纯属情绪不佳导致，于是相关中西药又给开了一大兜，同时提了不少建议，比如多听音乐、打打太极拳什么的，意在调节心情。然而两个月过去，专家开出的中药西药全吃光了，病情仍无好转。

说来也巧，一天，老侯老伴在单位闲聊，办公室主任听她说起老侯的病情，便把她悄悄拉到一旁，说他有个食疗方，有可能治好老侯的病……

一个月后，老侯身体果然恢复如常。办公室主任闻讯颇为得意，特意找到老侯老伴卖功，说他这“食疗方”曾经“治好”过不少老侯这样的人。老侯老伴却亦喜亦忧，说：“你这‘方子’效果是不错，就是隔三差五的托人‘请’他上馆子，开销实在大了些！”

“那怎么办呢？”办公室主任说，“老侯以前有点实权，自然时不时的有人请他赴饭局；如今退下来，人家用不着他了，谁还请他呀？……”

时下风行食疗，食疗方法很多：补阴、补阳、补气、补血……老侯老婆给老侯找来的这个食疗方比较特殊，它是补心的，只是老侯这心病的起因，很值得我们读者去深思。

——文学评论家：跃晴

局长不能上班了

单位马局长与我们同住一栋楼。隔壁黄科长空闲时，总爱去他家走走，陪他搓搓麻将，或是找些打油、买米、换煤气之类的活来干。碰上马局长家有什么特殊事情，老黄更是积极帮忙。有一次，马局长父亲因病住院，并且卧床不起，老黄闻讯便主动来到医院帮着护理，打菜、打饭、洗衣、洗裤、端屎、端尿；还常常争着留在病房守夜，以便马局长及其家人安心回家休息，致使病区的医护人员一度以为患者的亲生儿子不是马局长而是他。

原以为老黄会一直这么跟马局长相处下去，其实不然。前不久，马局长外出检查工作，不幸遭遇车祸。大家听说后陆续赶去医院看望。我也去了。我来到医院住院部时，正碰上老黄从里面走出来。我见老黄手里拎着两塑料袋水果和各种滋补品，便问他是不是还没找到马局长所在的病房。

老黄说："找着了，在四楼，二十八床。"

我说："那你怎么把这些东西拎了出来，是马局长的伤情不适合吃，还是他老婆不肯收啊？"

老黄涩涩地望了望别处，说："我没到他病房去。"

我怔怔地望着他。

"我在病区门口那护士值班室打听了一下，"老黄淡淡地说，"马局长伤势很严重，即使保住了性命，也会高位截瘫，今后肯定不能上班了……"

从从容容的笔触，简简单单的故事，勾画出了一个生活中的小人……

——文学评论家：跃晴

发　现

楼上住户常将瓜皮、果壳或是废纸屑什么的往窗外扔，弄得地下脏兮兮的。

这很令我不满。不料我还没开言，对方倒先向我提起意见来了。那天从楼下走过时，他们家男主人忽然“唉、唉”叫我。

“什么事嘛?”我收住脚没好气地问。

“也没别的事，就想请你把你们家那辆摩托车移到存车棚里放着去，就这样挤放在门洞口，叫我们怎么过路啊?”

我立刻回敬他：“那我也给你提个醒，别什么东西都往窗户下边扔，注意点公共卫生!”

“嘿，我发现你这人有些不通道理呀!”对方冷着脸说，“给你提点建议，叫你们别占太多公共地面，妨碍别人过路，还说错了不成！……”

两家就此不和……

所幸后来新购了住房。这回我接受教训，不住一楼。

乔迁之后，我发现一楼住户把拖把、垃圾篓之类的杂物全堆在本单元入口处，以致于有时从那里经过时，竟要侧着身子。

终有一天，我忍不住找到这家男主人提意见，不想对方很不礼貌，不等我把话说完，便板着脸疾步离去。

我见状很是来火：“嘿，我发现你这人有些不通道理呀！……”话刚说一句，我猛地打住了话头：此时此刻，我忽然觉得自己说话的腔调与原先那男邻居竟是那样相似：同时，我还注意到，楼下地面上，满是我们一家从窗口随手扔出的东西……

导 读

《发现》写的是生活中一种常见心态，这样的心态你有我有他也可能有，这就是我们老爱盯着别人的缺点和不是，而忘了检查自身有哪些毛病。

——文学评论家：跃晴

大红苹果悄悄烂

朋友来单位看他，留下四个红彤彤的大苹果。独自享用或将苹果带回家显然都不合适，得请大家一起吃。

但那天他一直把苹果搁在抽屉里没开口请吃，原因是办公室里总共五个人，分不开来。

次日。办公室两人出差剩三人。他不好意思让别人各吃一个苹果而自己吃两个，只好又把苹果留下来。

第三日。出差者归来一人。但这时苹果已烂了一个．三个苹果四个人。还是难分。还得留。

第四日。出差归来者再出差，不巧苹果又烂了一个。照样难分。再留。

第五日。又一个苹果烂了。剩下一个他想背着人自己吃掉。但却一直没能找着机会。

第六日，最后一个苹果也烂了。他长长舒出一口气，心里忽觉得轻松了许多……

人不患贫而患不均。小说《大红苹果悄悄烂》十分细致地描述了人类社会中的这种心态以及由此带来负面影响……

——陈腾（律师）

第四辑

神马与浮云之间的风尘

失 声

保生的悲剧

遥远的劳模

给多少钱你才会起身

久别重逢

求你把我抓起来

抢 劫

元 凶

……

失　声

市里举办迎“五·一”歌咏大赛。

为此，我们街道特意组织了一个合唱团。

对于这次歌咏大赛，大家信心十足，因为我们这个合唱团的成员有相当一部分来自于新划归到本街道的市水泥厂合唱团，该合唱团曾在同类比赛中多次夺魁，而领唱张启文更是以音域宽厚、唱功过硬而闻名本市歌咏圈。

近年市水泥厂改制，八级车工、省劳模张启文早已下岗，改行在街头摆摊修自行车，其他合唱团成员也都四散在各处自谋职业。尽管如此，负责这项工作的街道文艺干事小刘还是想方设法找来了他们中的主要成员，按计划排练并参赛。

当然还是由张启文担任领唱。

没想到我们街道的合唱团竟在此次歌咏大赛中得了个倒数第一！

据那些从参赛现场归来的人介绍，参赛失利主要是水泥厂的合唱团员没发挥好，不光张启文，其他人也都明显底气不足，唱歌时全然没有了以往的激情与力度。

见大家不信，他们又说：“你们没去现场，去了就知道了，我们的合唱团演唱时，机关干部的声音能听到，学校老师的声音能听到，个体经营户的声音也能听到……就是听不到水泥厂的人的声音！”

我们街道的参赛曲目是大合唱：《咱们工人有力量》。

本文通过一个不起眼的生活碎片，写出了经济发展带给我们的巨大影响。

——朱韬润（学生）

保生的悲剧

有人向市纪委寄匿名信，举报市机床厂刘厂长贪污、受贿。

领导立即派我前往调查。

接受任务后，我首先去了老同学保生家——保生在该厂厂办当秘书，我想找他了解一些情况。

不料保生醉了酒，我来到他家时，他正满身酒气躺在床上“呼、呼”大睡。

保生老婆接待了我。她说，也不晓得碰到什么鬼，保生近来老是醉酒。

我问她保生到哪喝酒来。

她说：“那也没去，就在家自斟自饮喝醉的。每天憋在家里写个什么材料，写完就喝酒。”

我看了看写字台上那沓材料纸，就见最上面一张醒目着两行大字：

廉洁、奉公的好干部

——记市机床厂厂长刘高

再仔细一看，这篇材料和匿名信的笔迹非常相像。

这时保生在床上转了个身，随即迷迷糊糊问：“谁呀？”

我说：“是我呢，保生。”

保生说：“莫喊我保生，我不是保生。”

我听着好笑：“你不是保生，那你是谁呀？”

保生说：“我也不知道我是谁。”说罢“呜、呜”哭了起来……

保生的悲剧，一个小人物的悲剧，看了让人警醒，这悲剧不仅是保生的，也是我们的，但您可以选择，选择自我良知的救赎方式，就如保生。

小说的题目意味深长，人活一世，为了保生，不知要自编自演多少这样的悲剧。

——陈腾（律师）

遥远的劳模

伴随着雷鸣般的掌声，劳模胸佩大红花挺拔站在主席台上……

受那红花与掌声的诱惑，她不甘与别的与会者那样远远地欣赏和敬重劳模，于是抛开少女的羞涩热烈追求他，并最终如愿将他俩的距离缩短到了不能再短……

再次感受到劳模的遥远，是在许多年之后。那时他俩所在的工厂已经倒闭，无从“奉献”且不再强壮的劳模与她一道在街上摆起了水果摊，为躲避突如其来的“城管”，劳模常常连一声招呼都来不及跟她打，便独自拉起那车五颜六色的水果往远处奔逃。

更多的时候，她是和劳模一起，望着家里劳模得来的那一墙壁这样那样的奖状发呆。此时此刻，劳模就在她身旁，但她却觉得劳模离她很远很远。

不过，劳模真正“远离”她，是在他五十九岁那年。因为劳累，因为疾病，因为贫困到没钱去公墓购买墓穴，劳模变成了厂生产区的一个小小的土包——那地方这时已颓败成了一片杂草纵生的乱石岗；而孤寡的她也就此住到了远在外省工作的儿子家。

几年后，厂生产区被开发商征用，等她闻讯赶回为劳模迁墓时，劳模的坟堆早已不见了踪影。

那些天，她一直在那片被推土机铲平了的泥土中寻找劳模，有知情人见了就劝她说别再找，说你有这份心就行，反正人都死好几年了。她听了就很认真地摇头：“不，他没死，他只是离我们这个世界远了些，那地方有鲜红的花，还有雷鸣般的掌声……”

社会变迁了，时代的“价值观”变了，但有些价值观却是我们应该坚守的。短短的小说，长长的时代，小小的人物，深深的主题。

——寒云暮雪（蚂蚁小说作者）

给多少钱你才会起身

老蒋是个有钱人。

有钱人老蒋每次从街角那乞丐前面走过，总忘不了给他点零钱。

那是个伤残人，也不知因何，没有了右腿和左胳膊，但衣衫比较整洁，对人也礼貌，每每收过老蒋的钱，总要恭敬着脸送上一声“谢谢”。

把钱施舍给这个乞丐，老蒋心安理得。

然而有一回，因为一个意外的发现，老蒋忽然对这乞丐有了疑惑和不满。其时乞丐在收过老蒋一块钱后，又收了另一个行人一块钱。老蒋本想离开，但他最终还是忍不住回转身去问他，说：“我跟刚才那人都是给你一块钱，你为什么对我只是照旧坐在地下说‘谢谢’，而对他却要拄着拐棍站起身来道谢呢?”

乞丐说：“你给的钱扔在地上，他给的钱搁在我手上。”

老蒋想了想，随即掏出一张五元的纸币丢在乞丐面前。

乞丐拣起老蒋给的钱，同时冲他道一声谢。

老蒋接着又扔下去一张十元的纸币。

乞丐就又道着谢将那十元纸币拣起，却依旧坐在地下不起身。

老蒋站在那里想了一阵，然后一咬牙从钱夹里找出一张崭新的“老人头”扔了下去。

乞丐这回没拣老蒋给的钱，而是抬起头来恳求老蒋：“老板，您还是把这钱拿回去吧!”

“那请你告诉我，”老蒋强压住心头的不快和恼怒问，“得给多少钱你才会站起身来道谢呢?”

“光就这样的话，给多少钱都不行。”乞丐收回目光，一脸平静地答。

导读

人身上有一种看不见摸不着的东西，它的名字叫尊严。在有些人眼里，尊严轻若鸿毛，在有些人眼里，尊严重若泰山。有钱人老蒋不幸碰到了后者，尽管这人是个四肢不全的乞丐……

——文学评论家：跃晴

久别重逢

灯红酒绿的世界里，一张久违了的脸孔忽然闯进他的视线，撞得他浑身一颤。

“你……你怎么到这里来了?!”对方也发现了他，走了过来。

“我……是来找隔壁秀姑的。”一股浓烈的化妆品气味扑面而来，呛得他几乎说不话来，“她爸出车祸过世了，打她电话不通，她妈叫我来这里找她报信。听说她可能是在这种地方上班，没料想……没料想碰到了你，真……真的……”

两人沉默了好一阵，对方率先开了腔：“前些天寄回的四千块钱收到了吧?”

“嗯。”他垂下视线，不敢看对方的脸。

“娘的病好些了吗?”

“嗯。”他不由自主地勾下头来，声音越发低下来，“我娘患这么重的病，能活到现在，多亏了你呢。”

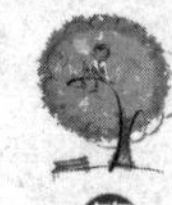

“儿子这学期的学费都交齐了吧?”

“嗯。”他的头勾得更低，此时此刻，地下那双油光铮亮的咖啡色尖头皮鞋就像刀子一样，刺得他心里一阵阵作痛。

“那边有事呢，我去了啊?”

“嗯。”

但对面的人并未立刻离开。伴着她低低的啜泣声，他分明听到自己的心里有一个男人在“呜呜”大哭。

昏天黑地的也不知“哭”了多久，他忽然发觉眼前那双咖啡色尖头皮鞋不见了。抬头四顾，已经寻不着了刚才站在他前面的那个人，映入眼帘的依旧是那灯火酒绿的世界……

如果说相逢是首歌，那么小说《久别重逢》谱写的就是一首悲歌，这样的“曲子”本该长歌当哭，但作为这首歌的歌手，“他”却不敢哭出声来，只是在心里“呜呜”哀恸着哭个“昏天黑地”……

小小的一个生活片段，写尽了人世辛酸！

——文学评论家：跃晴

求你把我抓起来

有才走进派出所的时候，所长丁高正在里边擦洗警车。有才说："丁高，我来求你帮忙了!"

丁高说："我们老同学之间，客气什么呀，有话直说，能帮我一定帮!"

"没别的，我想求你把我抓起来。"

"你……你犯啥事了?"

"啥事没犯。"

"没犯事还让我抓，你神经病啊!"

"是这样，我想蹲几天局子，吓吓那些去我饭店里白吃白喝的人，"

"那该抓他们啊，怎么抓你呢? 你说，都是谁，只要证据确凿，我这就把他们逮过来。"

"城管朱队长，工商局牛副局长，街道马主任……"

丁高一时呆住了，呆愣中就听到有才说："我实在没办法，只好求你帮这个忙了!"

"这忙我还真是帮不上，"丁高哭笑不得，"平白无故抓人，那不是砸自己饭碗么!"

有才说："这我不管，反正你得把我抓起来。"

丁高"扑哧"笑起来："亏你想得出，你遵纪守法的，我凭什么抓你呀?"

有才站在那里想了一阵，忽然起身去墙角捡来一块断砖："我若是拿砖砸你，你总该有理由抓我了吧?"

丁高见状笑得更凶："你个胆小鬼，当年连老鼠都不敢打，还有胆量

砸人啊?”说罢把头伸过去,“砸呀,你砸呀!”

话音刚落,就见有才举起了砖头,不过那砖头没有落在丁高头上,而是“哗”的一声将他身边那警车的前窗玻璃砸了个稀烂;接着又飞快地从墙角捡来几块断砖,把那警车砸得“乒、乓”作响。

“你他妈疯了!”张丁高禁不住嚷起来,说话间用随身带着的手铐一把铐住有才的双手,“你这是袭警啊!看起来不抓你还真是不行……”

但凡神志清醒的人,谁会自找苦吃要求蹲“局子”呢?然而,小说《求你把我抓起来》里的主人公有才愣是缠着赖着想尽办法要蹲监狱……这故事写出了现实的荒缪和小人物生存的艰难。所幸有才最终如愿被抓了起来,要不还真不知道会发生什么事,因为人的忍耐是有限度的,狗急了也会跳墙,羔羊般弱势的有才们也总有他不可触及的底线。

——陈腾(律师)

抢　劫

叶刚看上了一套九十平米的普通住宅。

于是回家找父母："爸，妈，你同意我结婚吗？"

"你这孩子，怎么这样说话呀？"父亲瞪大了眼睛，"你都年近三十了，我们就希望你早点成家，还能反对你结婚啊！？"

"那就帮帮我吧，我想购房结婚，交不起首付……"

父母急忙起身，把家中存折、现金悉数给了他。

而后找奶奶："奶奶，您同意我结婚不？"

奶奶说："我做梦都盼你娶媳妇，咋不同意你结婚呢？"

"那就帮帮我吧，我想买房子结婚，交不起首付……"

奶奶连忙拄拐站起，将枕头下留给自己买棺材的钱找了出来……

接着来到姐姐家："姐，你同意我结婚吗？"

姐姐说："有话直说，少拐弯抹角的！"

"我想买房子结婚，可我交不起首付……"

姐姐犹豫再三，最终还是把她用来做小生意的三万块存款借给了他。

就这样，叶刚四处筹款，终于凑齐了购房首付。

房子是买下来了，但父母很为担忧："刚子呀，你借这么多钱，将来还要交房贷，怎么还啊？"

叶钢苦着脸盘算一阵，狠狠地说："妈的，实在不行老子就上街抢去！……"

父母知道他一向胆小，干不了这个，便没把它当回事。不料一周后，叶钢忽然散乱着目光回到家，两边嘴角直淌口水，惊愕中就见他结结巴巴说："快，快把我藏起来，我刚抢……抢了银行……"

人生在世，吃穿住行本是常事，《抢劫》里叶刚买的也就是一套九十平米的普通住宅，可就这么个平常事，硬是把叶刚的生活搅得七零八落狼狈不堪，何也？全是高房价惹的祸！老实巴交的叶刚当然不敢抢银行，只能是变相“抢”亲友，而且最后把自己给逼疯了。叶刚的悲剧是当代“房奴”的真实写照，它拷问着隐藏在高房价背后的真正抢劫者，看他们的心究竟有多狠、脸皮究竟有多厚！

——文学评论家：跃晴

瘸　子

大山脚下有个村子。村里有好些瘸子。

他们的腿大都是在后面山上摔瘸的。——那山上的路险峻、陡峭不说，还弯弯曲曲坑坑洼洼的很是不好走。

他不瘸腿，自小到大，他家大人从不让他到山上去，因而为他保得一双好腿。

成婚后有了儿子，他也不许儿子到山上去，并常常告诫儿子：村里张三的腿是上山砍柴摔瘸的，李四的腿是进山打猎跌瘸的，王五的腿是去山上摘野果摔瘸的……

无奈儿子生性顽皮、不听教诲，时不时邀伴甚至独自一人爬到后面山上去疯癫、玩耍。

为此，他不知着过多少急、操过多少心。

那天，儿子又不去了哪里，四处找不着。他猜出儿子必定是跑到后面山上玩去了，便急忙赶上山去寻，不料焦灼中一个趔趄跌落到了山涧，被人从山上背了下来。

到家后发现儿子好好的，原来儿子和他那些小玩伴们从另一条路下了山。

只是他自己的腿摔坏了。一个月后起床走路，他不无悲哀地发现他那条伤腿已经瘸了。

从此，村里又多了个瘸子。

《瘸子》多义，读过之后，也许有人看到了山区环境非常恶劣，也许有人反思起了当今人们在儿童教育方面的得失，而我醒悟到的是：生活无常，命运无敌！

——陈宏宇（诗人）

王五的腿有点瘸

王五倒插门来到了王家坪。

王五初到王家坪的时候，大家看他很有些不顺眼，原因倒不是因为他倒插门，也不是因为王家坪的男性成员里就他不姓王，而是因为他那双与众不同的腿——源自数代前同一个祖先的王家坪人全是罗圈腿，唯独他不是。

对此，王五刚开始倒也不大在意；后来时间长了，心里头便渐渐的有些抗不住；再后来，他终于听从了老婆的建议，找来个圆滚滚的南瓜，每晚夹在两腿间睡觉。

一晃半年。王五的两腿及其行姿总算有了变化，但依然不很罗圈，走路时看上去像是有点瘸。众人见了倒是都还满意，说：“唔，这样好，这样不错……”

王五挠着脑袋谦虚道：“哎呀，好什么呀！……”心里却是倍受鼓舞，回家换了个更大更圆的南瓜预备在床底下……

这是一个很荒唐的故事，为随乡入俗，原本四肢健全的王五竟然自觉自愿地把腿给弄瘸来……

变态了的生存环境，变态了的人！

——文学评论家：跃晴

遥远的杜鹃

杜鹃外出打工去了，留下老公墨乌在家料理农事以及照顾他那双目失明的老娘。

娘儿俩在家闲坐时，娘总免不了发感叹，说咱们家杜鹃不容易，为赚钱，跑到了那么远的一个城市去打工。墨乌这时便在一旁安慰她："娘，杜鹃没走远，她就在我们身边呢!"娘听了就咧开干瘪的嘴乐，她知道，年轻的儿子此刻一定是在用目光舔墙上杜鹃的相片。

一晃半年。这天，熬不住相思之苦的墨乌终于乘火车去了杜鹃打工的那座城市。临行前，墨乌很是兴奋地跟娘说，他这回要学学城里人，事先不跟杜鹃通消息，也给她来个意外惊喜!

三天后，墨乌回来了。意外的是，墨乌原本只说是去看看杜鹃，没想到他把杜鹃给带回来了。

让娘伤心的是，杜鹃明明回家了，可墨乌偏偏哽着喉咙说杜鹃没回来。

娘听了就着急地喊："杜鹃！杜鹃!"

杜鹃应声走过来，跪在娘面前哭："娘，您别叫杜鹃了，杜鹃死了!"

"胡说!"娘抚着杜鹃的头发，深陷着的眼窝里禁不住溢出泪水来，"墨乌可没这么讲，他只是说你还在很远很远的地方。"

"娘，杜鹃想回来啊!"杜鹃嚎啕大哭，"可是娘哎，你告诉我，杜鹃还回得来吗?"

……

农家少妇杜鹃进城讨生活，半年后被老公带回家，老公哽着喉咙说她

没回来，她自己则哭着说她死了，个中缘由作者虽然没说，但我们却隐约能猜想到，这里边省略的一定是一个悲伤而苦难的故事。

人活一辈子不容易，但愿杜鹃还能重拾往日那平静平淡的生活，不管她在那条不该走的路上走出了多远。

——文学评论家：跃晴

夏夜惊魂

那个捡破烂的黑瘦老头可真招人烦，燕子手里这瓶矿泉水才喝到刚一半，他便拎着蛇皮袋不紧不慢地“陪伴”在一旁。

“不就是为了卖一毛钱吗?”燕子没好气地想，一边拿出钱包，从中拈出一张两元的纸币递给他：“给!”随即疾步离去。

没料想惹出了麻烦。不一会儿，当燕子从繁华的夜市拐进她家所在的那条曲里拐弯的僻静胡同时，她忽然发觉那黑瘦老头也快步跟了进来。时近子夜，胡同里空无一人，身为年轻女孩，这时被一个陌生的老男人追随着，还能有什么好事?唉，千不该万不该，就不该在他面前打开钱包露财!事到如今，对方仅为钱财强讨或是抢夺倒也罢了，就怕他起歹心劫色呀!

燕子心里一紧，于是猛地加快了步速。令人不安的是，根据身后传来的声音，对方眼下无疑也加快了脚步。

燕子想报警却腾不出精力，欲呼救又担心一时不能凑效，反倒更加刺激对方，于是一不做二不休干脆撒腿往前跑。不想那老头也随着跑起来。奔跑中燕子曾回头瞥了一眼，她发现老头这时已经扔下了他那蛇皮袋!

也许是燕子平时缺乏锻炼跑不快，也许是对方虽然上了年纪但体力依然特别好，于极度的恐慌中，燕子就觉得身后的脚步渐响渐近，最后终于被黑瘦老头追上前一把攥住了手腕!

“总……总算追上了……”老头的喉咙显然有什么毛病，声音特别小。

燕子头皮一炸，脑子里霎时一片空白，待她回过神来时，老头已转身离去。此时此刻，她分明发觉自己手里捏着一张两元的纸币，而老头刚刚说过的话语仍在一字一句地击打着她的耳膜：

“我是捡破烂的，不是乞丐!”

提起城市拾荒者，人们心里总难免泛起一些不屑。说来也是，他们(她们)在那脏兮兮的地方翻来翻去，不就是为了那么点蝇头小利吗？小说《夏夜惊魂》告诉我们，这样的想法未必正确，这样的心态也许需要做一些修正。

——文学评论家：跃晴

介 绍

白酒、红酒早就搁在了餐桌上，各种冷盘、热菜正紧锣密鼓端过来，客人均已入席坐定。

考虑到来宾们互不相识，男主人德宝这时便一一为他们作介绍：

“这位是市国土局的张局长……”

“这位是富丽房产公司的李总……”

“这位是市一中的文校长……”

“这位是晚报的苏主编……”

说话间今天上午刚刚因事来到城里的德宝爹端了碗热气氤氲的菜过来。

大家的目光一时都聚在德宝爹身上。根据他的容貌和神态，大家很快猜出了他的身份。

“这……这是我爹。”男主人艰难地咽了一口唾沫，“他在我们老家当村长。”

“不，不……”德宝爹本想纠正德宝的话——他不是村长，只是村民小组的副组长；看看儿子脸色不对，就又敛了口，随即搁下菜去厨房。

众人这时便你一言我一语邀请德宝爹入席就座，德宝则起身跟了进去，垂下脸埋怨正在锅灶边忙碌的妻子：“不是说好让爹呆在睡房的吗，你怎么叫他出来端菜?!”

妻子委屈地嘟起嘴：“我哪叫他了，是他自己跑出来帮忙的。”

德宝也没多说话，旋即返回餐厅：“我爹说他懒得上桌，这些个野味他们乡下干部聚餐时常吃，不稀罕……”

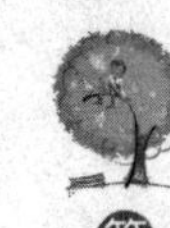

看过《介绍》，很为德宝爹难过，作为一个普通农民，可以想象他当初供养儿子时曾经付出过多少艰辛，没料到眼下儿子是这样“介绍”自己……

很细微的一个生活“镜头”，观照出了主人公德宝心里的那份虚伪和虚荣！

——文学评论家：跃晴

临别赠言

老顺背着行囊，呆呆地伫立在他打工了整整五年的这家砖瓦厂门口。

正是上班时刻，不时有熟人搭着腔从他面前走过：

——“老顺，听说你辞工回家，以后不再来了？”

“嗯。”

——“老顺，工钱都结清了吧？”

“嗯。”

——“老顺，行李都捎上了吧？”

“嗯。”

——“老顺，有啥事还没办完就说一声，我帮你办了。”

“没啥事……”

说话间老顺心里满是狐疑，按理眼下他应该到火车站赶车去，但不知为何脚下总是挪不开步子，思来想去，觉得还真是有什么事要办，可究竟是件什么事呢，却又一时半刻想不起来。

远远的，就见自己所在车间的主任张宝在那边跟人聊天。张宝这家伙为人挺好，以往对老顺也不错，就说话爱带脏字，一开腔就“操他妈”，然后才是正文，比如：“操他妈老顺，你负责把车间卫生搞一下。”又如：“操他妈老顺，你今天这活干得蛮好嘛！”还如：“操他妈老顺，午饭我们一起去饭馆 AA 吧！”弄得老顺心里很是纠结。这时老顺见了张宝，便很急切地走过去叫了一声“张主任”，之后就觉得喉咙口痒丝丝的嘴上却没了词。张宝见他一副欲言又止的样子，便亮着嗓门说：“操他妈老顺，我们好歹同事两年，有话你就直说嘛，老这么藏着掖着干啥？”

老顺红着脸扭捏一阵说：“那……那我真说啊？”

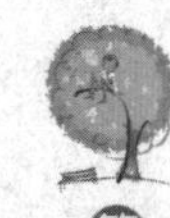

“说！”

“你……你别见怪啊？”

“不见怪！”

“我……我……我操你妈！”老顺说罢长长舒出一口气，随即背着行囊大步流星离去……

此文真妙！妙就妙在人之将离，其言也真。我老顺都要走了，还怕你车间主任张宝！于是将平时压抑着的怒火化作一句国骂，将张宝平时随手挥舞的剑，反手刺向了他自己。

作品告诫那些得势之人，莫以为人家真的很依顺你；莫以为你骂人，人家就不往心里去。

——文学评论家：跃晴

神马与浮云之间

遥远的天际，炫丽着一片浮云，七彩纷呈，气象万千，很是诱人。

他牵着爷爷的手，远眺着那片炫丽，脸上充满了向往。爷爷看出了他的心思，说：“孩子，想到那边去是吧？”

他兴奋地点点头。

爷爷说：“那地方只能远看，真要走近去，就没啥意思了。”

他说：“我不信！”

爷爷说：“这路不一定好走啊。”

他说：“我不怕！”

爷爷说：“既然这样，那你就去吧。前面的出发地点，给人们预备了神马，你可以骑一匹去。”

于是骑着神马启程。尔后他便渐渐发现，这路果然没有想象的好走，除却短暂的平坦和偶尔的惊喜，更多的是坎坎坷坷沟沟壑壑，一路陪伴着他的是艰辛、劳顿、忧虑、愁苦、悔恨以及没完没了的伤痛和无边无际的寂寞……为此，他几度后悔自己的选择，有时甚至放弃前行的念头，但为着那炫丽的浮云，为着那片诱人的风光，他最终还是坚持下来了。

自然，支撑着他一路走过的，还有路途中的风景和这样那样的收获。他的行囊里鼓鼓囊囊的装满了东西。所有这些，同样给了他前行的信念和力量。

就这样，他走了很久很久，直到来时的满头青丝被无情的时光染成了白发，才来到了目的地。

此时此刻，面对着眼前这白茫茫一片，他猛然发觉当初爷爷所言不虚：没错，这看浮云的路不好走；没错，这地方只可远看不宜近观！

更让他惆怅不已的是，这时候他那几度饱满过的行囊忽如出行前一样干瘪如洗；再回首自己走过的路，同样是一片白茫茫，就连自己一路骑着的神马也没了踪影……

《下岗工人朱富贵2010年9月份的幸福生活》结构新颖，叙事精炼，蚂蚁小说的篇幅，中篇小说的容量，它反映了社会状况和当下下岗工人的真实生活

——文学评论家：跃晴

代后记：蚂蚁小说时代的大作家

蚂蚁小说这个名称在几年前估计很多人还很陌生，而现在，蚂蚁小说有无数的写作者，有国内近百种报刊刊发，并且，部分蚂蚁小说被选入大学及中学生教材或作文教材、试卷试题，并产生了中国五位金蚂蚁作家和数十名蚂蚁小说名家。

蚂蚁小说作为一种新的文学样式，它因其精巧和精致得到了广大读者的热爱和追捧。正如王豪鸣先生所说：蚂蚁小说的形体细如蚂蚁，却是一个完整的生命体，一个“大力神”；而且它的载体异常灵活，可以自由进入的领地实在太多了，不仅可以刊载于报刊、图书、网络等各种传统及电子媒体，也可以与广告相结合，在作品中出现地名、人名或企业名称，用于各种消费场所的精美图册，墙上的挂框，电梯广告，商品包装，各色贺卡，新年台历，企业广告杂志……总之，一切商业性、休闲性、工具性的书写物件，都是蚂蚁小说的天然载体。所以它打开了一片新天地，这种优势是任何其它小说都无法比拟的。

一位著名文学评论家说：现在是蚂蚁小说时代，现代生活节奏快，人们已没有时间也没有精力去阅读长篇小说。的确如此，蚂蚁小说不但短小，而且精巧、精致，能给人以美的速率刺激，这是其他任何小说都无法比拟的。

因为我之前策划、主编了一系列的文学图书，作为一位蚂蚁小说作家，2010 年我获了中国首届金蚂蚁奖后，很多蚂蚁小说作家都渴望我编辑出版一套蚂蚁小说的书籍。我与知名图书策划、出版人张海君老师提到了这件事，并发了几篇蚂蚁小说给张海君老师看，他当时就被这种精巧的蚂蚁小说迷住了，于是一拍即合，这套精致的书便开始组稿、编辑出版了。

中国目前究竟有哪些蚂蚁小说作家是一流的作家？哪些作家的蚂蚁小说更耐读呢？入选这套书的作品必然是耐读的、入选这套书的作家必然是一流的。比如荣获中国蚂蚁之星大擂台冠军的贾淑玲、亚军白文岭、季军孙逸，还有金蚂蚁作家段国圣、刘聆海、实力派蚂蚁小说作家禾刀、曾勇、彩红，中国蚂蚁小说七天王廖玉群、陈晓真、肖淑芹、以及中国蚂蚁小说十星座李小玲等——

这些作家，都是蚂蚁小说时代的大作家。

肖 晨

2011 年 11 月